献给我的父亲

胭+砚
project

歪犁

Torto Arado

Itamar Vieira Júnior

［巴西］

伊塔马尔·维埃拉·茹尼尔 著

毛凤麟 译

樊星 校

漓江出版社·桂林

土地、小麦、面包、餐桌、家庭（土地）；神父布道时说，在上述循环中，存在着爱、劳作和时间。

——达杜安·纳萨尔

目录

刀
刃

1

　　当我从行李箱取出那把刀时，我只有七岁。它被包在一块发黄褪色的旧布里，布上有黑渍，中间打了一个结。小我一岁的妹妹贝洛尼西娅正同我一起，那件事发生前不久，我们在老屋的空地上玩洋娃娃。娃娃是用上周新摘的玉米棒做成的。我们用发黄的稻草给她们做衣服，将她们唤作女儿，比比安娜和贝洛尼西娅的女儿。当我们看见奶奶从空地侧边离开之后，不禁对视一眼：屋里没人了，是时候瞧瞧多娜娜在皮箱里那堆腐旧的衣服间到底藏了些什么。多娜娜发现我们长大了，会在好奇心的驱使下闯进她的房间，对听到的谈话和一无所知的事问一连串问题，比如她箱子里有什么东西。我们总被父亲或母亲责骂。而奶奶只要定睛一瞪，我们便汗毛直竖，皮肤发烫，就像靠近了一团篝火。

于是，望见奶奶起身走向后院，我看了眼贝洛尼西娅。我决意要翻动奶奶的东西，便毫不犹豫地动身，踮起脚溜进卧室。我要打开那只满是污渍、积了一层厚灰的旧皮箱，它自打我们出生起就一直在床底。我来到院子，透过门缝窥探，只见多娜娜向森林蹒跚而行。这片森林掩映在果园、菜园和旧鸡棚后面。那时，我们经常看见奶奶自言自语，祈求一些奇怪的事情，比如祈祷一个我们素未谋面的人离开卡梅莉塔——我们不认识的姑姑；祈祷占据她回忆的那个鬼魂远离姑娘们。胡言乱语，喋喋不休。她念叨我们看不见的灵魂，或者远方的亲戚和干亲[1]，都是我们几乎没听说过的人。我们习惯于多娜娜在家里的每个角落、门口、通往耕地的小路和院子里絮絮叨叨，好

---

1 这里的"干亲"与中国语境下的不同，指的是一个孩子的父母和教父母之间的关系。鉴于儿女众多，教父母也各不相同，村子里可能大多数人都是自己的干亲。

像在和母鸡或枯树说话。我和贝洛尼西娅相视而笑，压着嗓门，趁奶奶不注意时聚在一起，假装在附近玩些什么，其实只是想偷听。然后，我们对着娃娃和动植物，一本正经地重复多娜娜的话，重复母亲在厨房对父亲的低语："今天她说得真多，自言自语越来越频繁了。"父亲不承认奶奶有痴呆的迹象。他说他妈妈一辈子都这样自言自语，出神地重复着祷词和咒语，以翻覆思绪。

　　那天，我们听见多娜娜的声音在母鸡和小鸟此起彼伏的歌声中离开院子，渐行渐远。她念叨的那些我们听不太懂的祷词和警句，好像被带向了远方，被我们焦虑的呼吸带走。焦虑，是因为我们即将犯下过错。贝洛尼西娅钻进床底，拖出箱子。用来遮掩地面瑕疵的猪獾皮在她身下皱成一团。在我们明亮的目光下，我独自打开箱子，拿出几件衣服，一些很破旧，另一些仍然保留着鲜亮的色彩，是旱日烈阳所漫射的色彩，一种我无法确切描述的光线。在这堆叠得乱七八糟的衣服中，一块包着东西的脏布引起了我们的注意，它仿佛是奶奶用所有秘密保存的珍宝。我留心着多娜娜仍在远处的声音，解开绳结，

歪犁

看见贝洛尼西娅的眼睛闪烁着这样东西的光芒，仿佛它是一个崭新的礼物，由刚从大地采出的金属铸成。我举起那把不大不小的刀，放在我们眼前。妹妹想拿，我不同意，我要先看看。我闻了闻。它没有奶奶那些藏物的馊味，也没有污渍和划痕。在那短暂的间隙，我想要最大限度地探索秘密，不能让这个机会溜走，我必须弄清手中这个闪闪发光的东西究竟有何用处。我看见自己的一部分脸映照出来，就像在照镜子，我也看见妹妹的脸，离得稍远。贝洛尼西娅试图从我手中夺走刀子，我不许。"比比安娜，给我看看。""等等。"就在这时，我把这片金属放进嘴里，想要尝尝它的味道，几乎与此同时，刀子被猛烈地抽出。我木然无措，直直地盯着贝洛尼西娅的眼睛，她这时也把刀子送入口中。伴随着味觉中残留的金属味，还有热乎的血腥味，鲜血从我半张开的嘴角汩汩流出，顺着下巴滴落，滴在那块包裹刀子的发黄旧布上，本就黑渍斑斑的布匹变得更脏了。

贝洛尼西娅也从嘴里拿出刀，但她用手靠近嘴巴，好像想握住什么。她的嘴唇一片殷红，不知道是因为触碰银器受到刺激，还是像我一样被割伤了，因为她的嘴里也流出鲜血。我尽可能地吞咽我能咽下的一切，妹妹也迅速地用手擦嘴，克制横溢而出的泪水，想摆脱疼痛。我听见奶奶缓慢的脚步声，她呼唤比比安娜，呼唤泽泽、多明加斯、贝洛尼西娅。"比比安娜，你没看到土豆烧焦了吗？"的确有一股土豆的焦味，但还有金属的味道，以及浸透我和贝洛尼西娅衣裳的血腥味。

赶在多娜娜掀开分隔卧室和厨房的帘子之前，我把刀从地上收起，往浸透血液的布匹里胡乱一塞，但来不及把皮箱用力推回床底。我看见奶奶眼神阴沉，用粗大的手对着我和贝洛尼西娅的头猛拍一下。我听见多娜娜问我们在那里做什么，为什么她的行李箱不在原位，还有那血迹是什么。"说！"她呵斥道，威胁要割掉我们的舌头。那时她还不知道，舌头正握在我们的一只手里。

　　　　　　　│ 歪犁 │

2

父亲和母亲从田里回来，发现我们将头浸在水里，而奶奶则六神无主地大喊："她舌头没了，她舌头被割了。"她不断重复着，以至于在一开始，大帽子泽卡和萨卢斯蒂亚娜·尼古劳还以为两个女儿在一种神秘的仪式中自残，而在他们的信仰中，这需要极大的想象力来解释。盆里是一摊红色的水，我们两个都在哭喊。我们越是哭着想要解释，就越难知道究竟是谁失去了舌头，谁必须前往黑水河医院，刻不容缓。庄园主管苏特里奥开着一辆绿白相间的老式福特赶来，把我们送往医院。这辆车原本用于庄园主们在庄园时乘坐。主管往来城市和黑水河处理工作时也会开，或者要在庄园里走远路又不想骑马时使用。

　　我的母亲拿来床单和桌布，试图止血。父亲则双手颤抖着在房屋附近的园子里摘草药，以便去医院途中祈祷和施法。母亲急不可耐地朝着父亲叫喊，尖锐的嗓音与惊恐的眼神都传递着绝望。贝洛尼西娅的眼睛哭得通红，我的已经哭到毫无知觉。母亲疑惑地询问究竟发生了什么，我们当时在玩什么，但我们只能用难以理解的长长的呻吟声回答。父亲把舌头包在他为数不多的一件衬衫里。即便在那一刻，我担心的依然是这个被夺走的器官会在父亲的怀里自言自语，道出我们所做的一切。它会供出我们的好奇、固执、越矩，供出我们不在乎也不尊重多娜娜和她的物品。它甚至会供出我们明知道刀子可以让猎物和院里的家畜流血，可以杀人，仍不负责任地把它放进嘴里。

　　父亲用临走时采摘的树叶盖住裹舌头的小包。透过车窗，我看见多娜娜被弟弟妹妹团团围住。托尼娅婶婶正扶着她的胳膊，带她回屋。多年后，我会为这天追悔莫及。因为我让奶奶

　　｜ 歪犁 ｜

陷入无所适从、眼泪决堤的境地，让她觉得自己没有能力照顾任何人。在路上，我们听见母亲喃喃的祈祷浸透着苦楚。她布满老茧的双手总是很温暖，现在却好像从夜晚的水缸里拿出来一样，冰冷刺骨。

我们在医院受到冷落，迟迟无人接诊。父母蜷缩在我俩身旁的一个角落。我看见父亲的裤子沾着泥巴，还来不及换，母亲头上系着一条彩色头巾，她种田时会戴在帽子下，避免晒伤。她用袋子里的衣服给我们擦脸，每擦一次都换一件，每件都有股难言的霉味。父亲依然用同一件衬衣包裹着舌头。他把树叶塞进裤兜，或许是耻于在陌生的地方被人轻蔑地指认成巫师。在这里，我第一次看到白人比黑人还多。人们好奇地打量我们，但没有走近。

医生把我们带进诊室，父亲向他出示舌头，像一朵在双手间枯萎的花。我看见医生摇了摇头，也看到了他的叹息，就在我们几乎同时张嘴的那一刻。她得留在这里。她说话、吞咽都会有障碍。没有办法再植。现在我知道他是这么说的，但当时我完全不明白这一切意味着什么，父亲和母亲就更不清楚。贝洛尼西娅此时甚至不再看我，但我们依然连成一体。

伤口被缝合，我们又在那里待了两天，离开时手里拿着一大堆抗生素和止痛药。两周后还得回来拆线，只能吃面糊、豆泥这类稠物。母亲连续几周放下种植园的工作，全身心照顾我们。只有一个女儿说话和吞咽能力受损，但在这件事之后，沉默却成为我们最常态。

我们从未离开过庄园，从未见过宽阔的道路，那里有汽车双向通行，驶向地球最遥远的地方。这是苏特里奥跟我们说的。去程途中，我们忧心忡忡，被血液凝固的腥味和父母茫然无措的祈祷淹没。庄园主管只是笑着说，孩子就像让人头晕的猫，一会儿在这，一会儿在那，几乎总在做让父母头疼的事。他也有孩子，懂的。回程途中，我们还是疼痛难忍，其中一人更痛。虽然我们都很疲惫，但伤口的大小不同。一个人被截掉了舌头，另一个有一道深深的伤口，但远不至于丢了整根舌头。

我们从来没有坐过庄园的福特或任何其他汽车。黑水河之外的世界是多么不同啊！城里的房子紧紧挨着，彼此只隔着一堵墙，街道由石头铺成，和农村截然不同。我们房屋的地面和庄园的道路都是土做的。我们只有土，玉米棒娃娃的食物是用它捏的，我们的食物基本也自它而生。土地埋葬着分娩的余物和新生儿的脐带。土地安放着我们的遗骸，是所有人最终的安眠之所，没有人可以逃脱。我们只能在回家的路上观察这一切。我俩坐在车两侧，母亲在中间。她想事情想得出神，我们的哭泣落在了她心里的最深处。

我们到家时，只见到年幼的泽泽和多明加斯，托尼娅婶婶陪着他们。我看见父亲问多娜娜在哪，母亲牵着我们站在门口。她大概两小时前去了河边，托尼娅婶婶回答说。一个人去的？我父母问。是的，她还带了一个包裹出门。

3

　　萨卢说我是她的长女。她有四个孩子活了下来，其余一出生就死了，而我是其中最大的。贝洛尼西娅没过多久就降生了，母亲当时还在给我喂奶，这推翻了哺乳者没法怀孕的说法。我俩不像其他孩子，中间没有隔着死胎。母亲生下两个死婴的两年后，泽泽出生了，最后是多明加斯。他俩之间又有两个孩子没能成活。奶奶多娜娜是母亲的接生婆。她是我们的奶奶，但也是我们的"接生妈妈"。这个绰号表明她在我们生命中的位置：是奶奶，也是妈妈。无论是活下来的孩子，还是后来死去和一出生便夭折的孩子，我们离开萨卢斯蒂亚娜·尼古劳的子宫后，最初遇到的便是多娜娜的小手。这是我们在萨卢体外世界占据的第一个空间。我多少次看见她皱巴巴的双手捧满泥土、脱粒的玉米和择过的豆子。这双手很小，指甲经过修剪。托尼娅婶婶曾说，接生婆的手就该这样。小巧，才能伸进女人的子宫，灵活地转动横躺、错位、胎位不正的孩子。直到去世前几天，她还在给庄园的女工接生。

我们出生时，父母就已经是黑水河庄园的佃农了。在我出生前几周，父亲把多娜娜找来。我从小就听见奶奶抱怨她离毕生所居的庄园太远。她不承认自己思乡，但她的抱怨却是最好的证明。之后她没有再提出回乡，明白自己应该留在儿子身边，但也常常流露出遗憾。当父亲回到他出生的庄园寻找多娜娜时，发现她独自待在几乎住了一辈子的老屋里。她其他的孩子已离家务工，一个接一个离开。我父亲离家后，第一个走的是卡梅莉塔。她是在多娜娜第三次守寡之后不久离开的，也没说要去哪。不过在内心深处，多娜娜希望女儿追随自己的命运。

那时，卡沙加庄园一直物产丰足的土地遭到瓜分。每个有权欲的人都试图夺走一块地，原住民遭到驱逐，其他在此地没待多久的佃农也被遭散。这些人披着强权的外衣，多次在武装团伙的陪同下，拿着一份来历不明的文件忽然出现。他们说自己已经买下卡沙加的土地。有的得到了工头的确认，有的没有。父亲迁居黑水河后，曾回过出生地几次。这些故事是我们长大后，萨卢斯蒂亚娜告诉我们的。他们让多娜娜留在庄园，只是因为她年事已高，他们在某种程度上也习惯了她的存在。而且还因为人们口口相传多娜娜有法力，是个老女巫，几度守寡——那是她祭司责任的明证，还有个曾在森林里和豹子生活了好几周的疯儿子。

我和贝洛尼西娅最为亲密，或许正因如此，矛盾也最多。我们几乎同龄，会一起走过房屋的空地，采集鲜花和泥土，寻找形状各异的石头搭建我们的小灶台，收集树枝制作储物架，找农耕工具为我们玩耍的"农场"犁地，重复着父亲和祖先留传下来的农活。我们争抢地盘，争论种什么菜、做什么饭，争抢用周围树林里找到的宽大绿叶做的鞋子。我们把木拐杖当马骑，收集剩余的柴火做家具。当争执演变成打架和尖叫，母亲

| 歪犁 |

便会不耐烦地介入，把我俩拎回家，直到表现好了才能出门。我们保证不再打架，可一旦来到院子或空地重新玩耍，过不了多久又会陷入争吵，有时还会互相抓挠、拉扯头发。

失去舌头的最初几个月，我们被一种团结的情感所控制，这种情感曾因幼稚的争吵而淡化。起初，我们家笼罩在巨大的悲伤中。邻居和亲戚来探望我们，祈祷我们能好起来。母亲和女邻居轮流照看年幼的孩子。有人看管孩子时，她便烹调玉米面糊和木薯羹，帮助伤口愈合，她还会做山药泥、土豆泥或木薯泥。父亲天亮时会去田里。他带着农具离开前，会把手放在我们的头上，对祖先灵魂低声祷告。我俩重新开始玩游戏时，已经忘记了争吵。现在，一个人必须为另一人发出声音，一个人必须成为另一人的声音。从那时起，共处所需的感官能力需要提升，得更加留意对方的眼神和手势。我们将不分彼此。发声者必须明察沉默者的肢体动作。沉默者也必须通过大幅度动作和细微的表情变化传达所想。

为了能够长久共生，我们之间的争吵自然被搁置了一段时间。我们时刻忧心对方的身体。刚开始很困难，非常困难。需要重复词汇、拿起物品、指认我们周围的东西，试着理解想要表达的内容。经年累月，这种行为成为我们表达的一种延伸，甚至让我们几乎不失本质地成为彼此。有时候我们会因为某些事情不高兴，但很快，传达一人需要什么、告诉另一人需要表达什么的交流需求，让我们忘记了抱怨的原因。

就这样，我成为贝洛尼西娅的一部分，她也同样成为我的一部分。我们就这样长大，学习种田，跟着父母祈祷，照顾弟弟妹妹。就这样，我们看着岁月流转，感觉彼此几乎连成一体，因为我们共享着同一个器官，它发出的声音传达出我们将要成为的样子。

| 歪犁 |

4

　　多娜娜回来时，裙子的下摆已经湿透。她说自己到河边祛邪。我知道，"邪"指的是象牙柄刀。即便它离我很远，我也感觉它的光芒遮蔽了我的记忆。刀应该在托尼娅婶婶说的她带走的"包裹"里。奶奶看起来垂头丧气，苍白无力，眼皮耷拉浮肿。她走近我们，用拍打过我们脑袋的那双手抚摸我们。我感觉到她布满老茧的双手掠过我们的面颊，然后，她很快又一声不吭地进了房间，直到第二天才出来。

　　父亲走进圣人堂，点燃了一根蜡烛。母亲把我们带到她的卧室，让我们待在床上别出声。她将房间的门帘拨开系好，这样她就能从自己所在的位置看到我们，似乎害怕我们又做出什么举动。她说她要清洗那袋去医院路上被血液浸透的衣服。我在卧室里听到托尼娅婶婶说她也要帮忙洗。我的母亲是个高大的女人。她比父亲还高，身体强壮，双手粗大。她有种与众不同的气质，被周围人羡慕，也让她受到邻里喜爱。但那天，她似乎失去了那种高贵的气质，肩膀佝偻，显得很疲惫。

我感觉贝洛尼西娅朝我伸手，并紧紧握住我的手。我们不能出声，所以出于本能地尝试用手势来表达无法言说的东西。第一天，我们就这样睡着了。

多娜娜自那以后再也没有缓过劲来。她很少出门到院子或空地里去，经常坐在床边整理她的旧皮箱，又把它弄乱。她取出各种物什，衣服、空香水瓶、小镜子、旧头梳、一本弥撒书，还有一些看起来像文件的纸张。她遗憾自己没有一张孩子们的相片。虽然收拾东西继而打乱的时刻极为私密，但她不再介意我们在她身旁。她这样做是为了消磨时间。她已经很久没有下田干活儿了，只会打理一下院子里种的东西。这是她生命末年为数不多的乐趣，就连这个都被抛在一旁。她对自己照料的植物失去兴趣，也不愿再像以前一样，为邻居和家人开药根糖浆的处方。母亲接手了多娜娜曾经视为己任的几项工作，还尝试激励她婆婆，喊她到院子里看看这些植物多么漂亮。巴西李树¹有没有开花？菜园一片狼藉，是不是有什么害虫？奶奶只是看着，兴味索然，嘀嘀咕咕回到房间，忙着从旧行李箱里取出东西又放回去，好像随时等着一份回乡的请帖。故乡似乎是她此生唯一牵挂的地方。

接下来数月，我们慢慢康复。一个人学着表达另一个人的欲求，另一个人也在表达欲求时让自己清晰易辨。在这期间，只有一样东西把多娜娜从回忆的世界和收拾又弄乱行李箱的日常中抽离出来：贝洛尼西娅在田间小路发现的一只瘸腿小狗。它摇动棕榈叶般的尾巴，用三条腿小幅度跳跃着行走，因为它的一条前腿骨折了。它腾空时摇摇摆摆，却挣扎着前行，让人触动。这只动物的某些东西打破了所有人在过去几个月的沉默。我们会看到多娜娜从家里喊来一个人，告知小狗的异常举

1　巴西李树（umbuzeiro），原产于巴西东北部旱地，树冠呈伞形，果实多汁，可食用。

动。有段时间，她忘记了行李箱，花更多时间在窗口观察弗斯科[1]，这是她亲自给它取的名字。小狗似乎是她唯一关心的伙伴。

不久，她让我们睡在她的小房间里，以免她独自一人。我们听从她的话。多娜娜给我们讲述没有结局的故事，因为每次还没讲完，她就会睡着。因为知道那些故事说不完，有时我比她还先睡着。我听见她在黎明时分起床，打开院子的门，在一片寂静中和弗斯科说话，几乎是窃窃私语，但还是能听到她的声音。在我们的一生中，多娜娜从未像那天那样打过我们。因为我们忤逆了她视作神圣的东西，侵犯她的过去，使她断然不愿忆起的事情重现于世。她不希望我们无辜的双手攥住她痛苦的根源，同时也不想完全摧毁自己的记忆，因为这些记忆让她活着。它们为她的余生赋予意义，同样昭示着她在面对人生之困时，从未心慈手软。

一天早上，多娜娜醒来后叫我卡梅莉塔，她说一切都会有解决办法，让我不要担心，不必再远走。那时我十二岁，贝洛

1　弗斯科（Fusco），意为"灰暗的"。

｜ 歪犁 ｜

尼西娅将近十一岁。我看到奶奶接下来几个早晨把贝洛尼西娅也叫作卡梅莉塔。妹妹对她的胡言乱语一笑了之。我们面面相觑，随后便听凭多娜娜用混乱的话语愚弄我们。在她看来，弗斯科已经变成一头美洲豹。她让我们当心，还让我们沿着小路去寻找父亲。据说，父亲正睡在一棵李叶豆树下，身旁就是那只小狗变成的温顺豹子。我们知道父亲终日在田里劳作，所以奶奶在胡说。即便如此，母亲还是要我们陪着她，看着她，以免她发生意外或者在森林里迷路。"别让你们的奶奶去河岸边。小心蛇。不准笑奶奶。"那时已经进入十二月，我们在路上采摘已经熟甜的水果。每当我们忘记了多娜娜，或者有时自己迷了路，我们便安静下来，很快就能听见森林里传来一声指令，让卡梅莉塔和孩子们去找泽卡。于是我们便跑去找她。

父亲回到家，孙子们嚷嚷泽卡就在他们眼前，奶奶说这不是真的，她只想从父亲那里拿回那顶帽子，她要带走。

二月的一个午后，暑气蒸腾，我们昏昏欲睡。多娜娜趁我们没注意时出门了。母亲当时在离家比较近的一块田里耕作，进门喝水时发现婆婆不在，便让我去找她。我找贝洛尼西娅陪我一起，但没找到，便和孩子们一道，沿着奶奶寻找父亲常走的那条路走。我路过一棵很大的曲叶矛楸，地面被果子满满覆盖。多娜娜应该待在老地方，去找她之前，我尽可能捡起果子，把它们装进衣服下摆围成的小篮筐里。这些铜色的果实质地坚硬，看起来不像剖开之后会有饱满多汁的果肉，让进城卖面糊的妇女沾上一身果油。耕地难以抵抗干旱或洪涝的时候，这些买卖能保证我们购买所需。就这样，我来到乌廷加河河岸。乡间土路成为泥沼时，河岸却永远可以通行。接着，我发现多娜娜如同牲畜般倒躺于河岸与河水之间。她的白发好像一块发光的海绵，形成的镜面反射出阳光。我认出奶奶是因为那件旧衣。这件衣服太破旧了，也许在我出生前不久，她在父亲的陪伴下搭便车来到这里时，穿的就是同一件。我被那一幕吓到了，也许因为这是生平第一次见到这番景象。我任凭果子一一掉落，滚进河床。我摇晃奶奶——能醒过来吗？——然后转动她娇小脆弱的身体。我拖动她，但力不从心。我没有把她从河里拖上来的力气。

我跑回家寻求支援，因眼前所见而感到窒息。我看到贝洛

　　　　　│ 歪犁 │

尼西娅蹲在我捡果子的那棵曲叶矛榈下。她正在收集我去河边时拿不动的果子，忽然撞见我满面惊恐。我们中的一个人把消息捎回了家。

5

　　没有人打开多娜娜的行李箱。在生命最后几个月，她每天都会整理行李箱，把所有东西拿出来，又放回去。这一永恒的仪式我们见过太多次，已经认得每件衣服、每个物品。母亲提议把箱子整个送给需要衣物的寻工路人及其家人，但父亲没有勇气把属于多娜娜的东西送给别人，母亲便没有再提。也没有人提起象牙柄刀。我们不知它的下落，也不知它的存在为何如此神秘。直到多娜娜离世，我都不知道为什么这把刀被包裹在血渍斑斑的布里。这个物件如此精美，刀柄如珍珠般润白，父亲以周游四方的阅历判断它是象牙材质。我不知道为什么我们的生活如此贫困，它却没被卖掉。

父亲服丧了很长一段时间。我们家暂停了为祖先灵魂举行的庆典，但父亲仍然接诊那些带着痛苦而来，渴望得到鼓励、祷言和治病良方的人。大帽子泽卡的守丧仅仅止于行动，因为在为主人劳作的生活中，我们并不习惯穿戴黑色。那些日子他寡言少语，眼泪常常夺眶而出，唯独没有停止像往常那样下地。

奶奶下葬几周后，我看见母亲倚在门口，脸色苍白，望着小路。我走到门槛前，站在她身旁。贝洛尼西娅和多明加斯正带着弗斯科在院子里跑。这条瘸腿小狗在我们的游戏里，重新变回一条狗。我看见母亲怜悯地惊叫一声。贝洛尼西娅、多明加斯和弗斯科也停下来望向小路，被我们听见的哭喊吸引了注意。一个男人领着一个被绳子捆绑的女人，他们身边还有一个女人。虽然离得很远，但能够看到他们正无比艰难地在土路上前行。女人声嘶力竭地哭喊，这是我听过的最令人心悸和不适的叫喊。

"走过来的那不是克里斯皮尼亚纳吗，还是克里斯皮纳？"

母亲指着萨图尼诺的双胞胎女儿问道。他们是我们在黑水河的邻居。萨图尼诺走在被绳索捆绑的女儿前面。他女儿疯狂地大喊大叫，声音响彻云霄，我们根本听不懂。走在后面的人不是克里斯皮纳就是克里斯皮尼亚纳，沿途协助父亲看住自己的姐妹。被捆住的女人显然伤到了自己。她精神失常，粗糙的身体布满伤口，像一头牲畜被绳子绑住。绳子一圈缠在她的双臂，打了结，另一圈绑住她的手腕。她赤着脚，头发高盘于顶，没有戴平时的头巾。

萨卢斯蒂亚娜问泽泽在哪儿。多明加斯回答："他和爸爸在一起。""那你快去，"母亲说，"和贝洛尼西娅一起，把你父亲叫来。就说萨图尼诺和他的女儿来了，这事儿得他来处理。"我看见两个妹妹走向农田，而我则靠近母亲强壮的身体。她的汗水像晨露般流淌。我们在远处看见那女人双眼通红，面目狰狞，止不住地口吐白沫。那一切让我既好奇又恐惧。随着这家人越来越近，母亲询问发生了什么，是哪个姑娘被捆着。干亲看起来疲惫不堪，把女儿从圣安东尼奥河带到乌廷加河已经让他精疲力竭，但他还是摘下帽子恭敬地回答："是克里斯

歪犁

皮纳。"

"啊,这么说你们找到她了?"母亲声音颤抖地问道。

"她躺在城里的墓地。"萨图尼诺边进我们家院子边说。

事实上,克里斯皮纳的父亲和兄弟姐妹,包括克里斯皮尼亚纳,过去一周都在寻找她。他们一家人定居庄园多年。萨图尼诺、达米昂和我父亲是黑水河最早一批佃农。克里斯皮纳和克里斯皮尼亚纳是村里唯一一对双胞胎,也是我记事起最早接触的人。看到这两个童稚初褪的年轻女人,我觉得有些神秘。镜子在我们那里不是寻常物件。多娜娜有一块镜子,她晚年把它从行李箱里取出来又放进去时,我们可以时不时欣赏一下。然而,真正让我们能照见自己的镜子,只有黑如铁锈的河水。黑色的我们照着同样黑色的镜子,或许它的存在是为了让我们发现自己。我也没有忘记象牙柄刀闪闪发光的镜面,毕竟我在里面瞥见了我们的脸。那一瞬间,我看见坚韧的刀片让舌头掉落,也让它能够发出的声音消失。克里斯皮纳和克里斯皮尼亚纳肩并肩走在一起,如同对方的复刻,仿佛照了一面有深度、长度和高度的镜子,但没有多娜娜那面镜子破碎的边缘,也没有河水中框住我们形象的树木和泥沙之岸。

　　他们走到我们家门口时，克里斯皮纳倒在了地上。她满身脏污，散发着一股汗渍、尿液和败花的恶臭。我看见母亲眼里充满了惊恐。这不是第一次，也不是第二次、第三次家里来了疯癫之人，而且也必然不是最后一次。就像他们说的，这里如同省城里为疯子设立的医院。他们不是住户、访客或受邀者。他们是脱离自我之人，不识双亲，也不识自己。他们被恶灵缠身。大家认识他们，但又觉得陌生。这些家庭寄希望于雅雷[1]祭司大帽子泽卡的力量，他活着就是为了恢复病人的身心健康。从很小的时候起，我们就需要与父亲魔幻的一面共处。他是一位父亲，就像我们认识的其他父亲一样，但他的父爱延伸到受苦的人、生病的人、需要医院里没有的药物和那片土地上匮乏的医生所没有的智慧的人。我骄傲于众人给予他敬重的同时，也苦恼于必须和粗鲁的访客共享房屋。他们大喊自己有多疼，说自己什么都不懂。房屋充斥着蜡烛和烧香的气味、五颜六色

---

[1]　雅雷（Jarê），十九世纪起源并发展于巴伊亚州钻石高地（Chapada Diamantina）的当地特有宗教，信众主要为巴西非裔群体。

　　　　　│ 歪犁 │

的草根药瓶，还有在我们的小屋里一待就是数周的鱼龙混杂之人。母亲受的罪最多，因为她得留在家里，留意煎药的时辰，陪同和病人一起安顿下来的亲戚——这情况和"住院"差不多，都是为了帮忙照顾精神病患。

生活微妙的秩序被打破了，这反映在大家的失调中，包括我们这些小孩。我们开始害怕晚上被油灯和蜡烛照亮的卧室的阴影。我们互相扎堆，避免睡觉落单，以保护自己免受清晨不时到来的惊吓，伴随着刺耳的尖叫或大地轻微的震感，我们确信这皆由寄宿病人体内的恶力造成。

我瞥见克里斯皮纳躺在我们脚边的地上。她双眼赤红如火，头发卷曲凌乱，枯萎的花瓣和树叶散落其间——有的还依稀保留着花繁叶茂之际的色泽与芳香——她嘴唇发白，垂涎如流，散发恶臭，妹妹克里斯皮尼亚纳站在她旁边。看到这一幕，仿佛再次体验从行李箱取出刀子那天摧毁我们的不幸之感。我们想尝试神秘而禁忌的光芒，于是把它送入口中。那时的我们极尽肆意之所能，从未听闻过父母和邻居信仰的禁令，也不理解我们如何被支配，成为拴在庄园中的佃农。就像奶奶的镜子，它卧在床底积满灰尘的行李箱里，缺了一块，我们在那个距离只能看见一部分自己。或许是因为过于敏感，克里斯皮纳猛地抓住我的脚，用劲之大使我一下摔倒在地，母亲甚至来不及扶住我。我脸上涌出的泪水还保留着我们生命不久前一幕的印迹。

萨图尼诺很不耐烦，扇了女儿一记响亮的耳光。克里斯皮纳毫无反应，但与此同时，目睹这一行为的克里斯皮尼亚纳却举起手放在脸颊，仿佛父亲这一巴掌打在了自己的脸上。

我仍在哭泣，远远望见贝洛尼西娅和多明加斯从通往农田的小径出来，父亲紧随其后，扛着他的袋子和锄头赶来。大帽子泽卡与我们不同，我们不知如何处理这类事件，而他却能对门前接踵而至的难题报以极大善意。他立即让萨图尼诺给女儿松绑，后者照做不误，像几分钟前打女儿耳光时那样一问不发，毫无顾虑。父亲扶姑娘起身。我看到他厚重沧桑的嘴唇之间发出祷告，将我们引至巫术的安全之境。他让母亲和克里斯皮尼亚纳带克里斯皮纳去洗澡，而贝洛尼西娅和多明加斯站在我身边。父亲走进圣人堂，铺开一张草席，在旁边放上一张旧皮椅。

歪犁

他点燃了一根蜡烛，周围所有人的注意力都转向那束火光。如果它一直亮着，此时精神错乱的克里斯皮纳就能留下；如果火焰没法抵抗气流的能量而熄灭，那便已经无可救药了。

6

过了好几周，克里斯皮纳才能时不时平静下来。在这之前，我们不得不日夜忍受她的尖叫和呻吟。白天某种程度上还能有所准备，到了晚上，简直让我们毛骨悚然，总会一下子惊醒过来。我看到泽卡从他的房间起身，和母亲一起来到寄宿者的房间。我们在一个和兄弟姐妹扎堆睡觉的小房间里听着一切，但传到我耳边的只有一些模糊的低语。为了安抚我们入睡，母亲会拿着点燃的油灯来到我们的房间。一连几周都是如此。

一天上午，我给院子里的植物浇完水后回家——克里斯皮

歪犁

纳当时已经对父亲的祈祷和树根药水反应良好——我听见她们姐妹俩正在交谈，刚开始声音很小，但后来从她们房间传出的声音越来越大。她们得到祭司允许，刚刚从院子里散步回来。我没法听清所有内容，但她们的话在我脑海里回荡了一整天："不是这样的"，"是这样的"，"你病了，克里斯皮纳"，"我没疯，克里斯皮尼亚纳"，"你别在爸爸面前胡说八道"，"你当时就是和他在小树林里"，"伊西多罗当时根本不在那里"，"伊西多罗已经答应和我一起生活了"，"小姐，他才没有答应，是你在胡说"，"你这样说是因为你想和他在一起，而且当时你就在小树林里"，"你疯了，所以你才在这里"。

我放轻自己的呼吸，听着这一切，一边留心她们在说什么，一边提防母亲出现。她随时可能回来，把偷听的我逮住。我很清楚，偷听两个比自己年长的人交谈免不了一顿训斥。克里斯皮纳尖叫着让妹妹离开，说她想静静。透过门帘的缝隙，我看到她的眼睛赤红，像燃烧的火炭。她开始流口水，嘴角形成乳白色的黏液。尖叫声夹杂着凄厉的哭喊。那一刻混乱不堪，两人都哭天抢地，后又在地上滚作一团，扯掉对方的头巾并撕扯头发。

我惊愕不已，但贝洛尼西娅走到我身边，嘲笑着这一幕。母亲原本在用我早先从河里提回来的水清洗餐具，她把锅往架子上一放，跑进房间："这是怎么了？"说着便上前，试图将两人分开。"你俩快过来，"她看向我和贝洛尼西娅，"来帮我。"我俩抓住克里斯皮尼亚纳的胳膊，她眼含泪水，头发因为拉扯而竖立。母亲抓住发疯的克里斯皮纳的两只胳膊，只见她双眼透亮，嘴里重复着对妹妹的控诉。母亲威胁说要叫萨图尼诺来把她们带走，"克里斯皮纳，那样就没有药了，也没人给你治病，我再也不会让你回来"。母亲抱住情绪激动的克里斯皮纳，才使她安静下来，她把头靠在母亲胸前哭泣。萨卢斯蒂亚娜·尼古劳让克里斯皮尼亚纳和我们俩出去，让她们单独待一会儿。

克里斯皮尼亚纳整理了一下身上被扯破的衣服，然后来到院子。她默默地哭了起来，直到眼睛干涩得再也流不出眼泪，然后继续清洗母亲没洗完的餐具。我和贝洛尼西娅默默待在房间里，假装在玩，其实是在听克里斯皮纳在说些什么。她重复自己说过的话——说她撞见未婚夫和自己的妹妹睡在林间的田里，说她被一种从未体验过的苦楚占据，说她已经神志不清，

| 歪犁 |

这一件糟心事就让她的精神完全陷入错乱。等她再次恢复意识，已经在我们家住了数周，这才慢慢记起失踪以前的日子。

剩下的故事，我们是通过萨图尼诺来我们家那天，还有邻居和乡亲们穿过庄园小路时的闲言碎语得知的。克里斯皮纳消失得无影无踪后，她的父亲、未婚夫和兄弟姐妹在田里、圣安东尼奥河边的树林、河畔的湿地和沼泽都未能找到她。她的父亲为突如其来的失踪受尽折磨，徒步到城里，向警察寻求帮助。每天都有新的消息传来，不是说克里斯皮纳去了庄园附近的村镇，就是有人看见她上了一辆开往省城的大巴，要么是他们黎明时分听到有个疯女人如野兽般号叫。甚至还有人说看见一个人在院子里偷水果，干亲家多明戈斯以为那是狐狸，朝它开了一枪。当萨图尼诺惊恐万分地赶到他家，发现是虚惊一场。

八天后，一位掘墓工人发现了克里斯皮纳。她躺在城市墓园的坟茔之间，无法回答自己是谁，更别提住在哪儿、在那里做什么。那时诸灵节[1]刚过没几天，她躺在枯萎的花束之间。

---

1 诸灵节又称悼亡节，天主教称作追思亡者节，是在每年的十一月二日，用作纪念及追思亡者，特别是对已亡信众的瞻礼。

虽然这些花已经不再新鲜，但仍旧保留着那些在有限的生命中干枯消瘦之物的香气。这些枯萎的花束有富人家留下的当归、菊花和百合，也有穷人家留下的假花，由铁丝和绉纸制成，会慢慢褪色。克里斯皮纳更消瘦了，被遗弃在自身的失忆之中。因为长途跋涉，她蓬头垢面，被挖来埋葬亡者的泥土弄得脏兮兮的。她的手脚伤痕累累，身上有一股浓浓的汗臭和尿骚味。萨图尼诺去接他的女儿。他顺从命运，接受了这个意外。他不指望苏特里奥大发慈悲，开福特车去接她。这位主管找借口说他要用车，以免主子的车被用去载人。于是，他只能像捆田里的牲畜或疯子那样绑住她，把她带到雅雷祭司那里。他们走了好几个小时，才来到大帽子泽卡的家里，这样才能治愈她的不幸，摆脱降临于其理智的疯癫。

人们说，我的父亲了解疯癫，是因为他自己也曾在生命早年陷入谵妄。祭司的作用是帮助病人恢复身体和精神的健康，这点我们从出生起就知道。最常登临我们家门的是精神分裂者，他们遗失了记忆，忘了自己的故事，与自我剥离，和丛林里迷路的野兽没有区别。据说这也许是因为来到这个地区的先民过

| 歪犁 |

去是矿工。他们为侥幸找到一颗钻石、夜间遍寻它的光芒而疯狂，翻过一座又一座大山，从土地迈进河流。他们追逐财富，睁眼闭眼都期待好运降临，但在长时间的繁重劳动之后却无比受挫。他们劈开岩石，冲洗沙砾，石头的光芒却从未出现在他们的视野里，哪怕是最微弱的光芒。找到了宝石的人，又有多少能够从疯癫中解脱？多少人为了保护其意外之财不被他人的野心吞噬而夜不能寐，把钻石藏于身下，不再去河里洗澡，担心任何可能在没有防备之际到来的骗局？

克里斯皮纳想尽一切办法让我母亲把她妹妹送回家，让她独自留在那里。母亲却坚定地说，过去的都过去了，她们还是亲姐妹。那些日子总能碰到克里斯皮尼亚纳像妈妈一样，在家细心照顾姐姐。母亲问道："哪里会有从同一个肚子里出生的姐妹过得像敌人一样？"她说她这辈子从没见过这样的事情，这样会给双方的人生都带来厄运。这对双胞胎又开始交谈，像之前那样度过在我们家余下的日子。她们不再争吵，然而，正如母亲有一天和父亲说的那样，她们也很少"再像一只手的手指那般团结"。

克里斯皮纳康复了，她的皮肤重现光泽，也像大多数租住庄园的女人那样，恢复了年轻农妇的力气。她的眼睛变得有神，又成为妹妹克里斯皮尼亚纳的一面镜子。很快就到了她们回圣安东尼奥河畔的日子。现在，更加坚实的纽带将我们团结在一起：只要我父亲活着，他会一直按手[1]在她和她的家人头上。大帽子泽卡不只是一位干亲，他是黑水河所有人民的精神之父。

离开我们家之后，克里斯皮纳违背父亲的意愿，再次和伊西多罗相见。他们拿走行李，一起住进原本建造给工人居住的土坯房。克里斯皮尼亚纳从父亲家门口远远眺望姐姐的生活，悲伤至极。我们难以相信姐妹俩的故事会以那样的方式结局。

---

1 "按手"为宗教用语，基督教中有用"按手"礼加以祝福、使受"按手"的人得受圣灵和智慧、使病人得到医治等不同意义。这种现象常见于不同的宗教，其含义基本一致。在雅雷宗教中，"按手"的效力会持续到按手的祭司逝世为止，届时受"按手"的人需寻找新的祭司按手，同时将上一位祭司的按手从头上收回，否则会招致厄运。

| 歪犁 |

7

那场让一个女儿成为哑巴的意外过去多年之后，父亲在苏特里奥的鼓动下，邀请母亲的哥哥搬到黑水河居住。按我父亲的话说，主管想要招揽"勤勤恳恳"又"吃苦耐劳"的人，"为种植园播洒汗水"。佃农们只能建造土坯房，不能有任何砖石结构，没有任何东西能划定这些家庭在这片土地居住的时间。他们可以拥有一小块地，在里面种南瓜、豆子和秋葵，但不能偏离为庄园主劳作的需要。毕竟这才是他们被允许住在这里的原因。他们还可以带上老婆孩子，再好不过，因为当孩子们长大，便可以替换年老的佃农。他们将受人尊重，获得名望，成为庄园主的教子。佃农身无分文，但盘子里有食物。只要遵从下达给他们的命令，就可以默默待在那些地方，不被驱赶。我看见父亲对舅舅说，他爷爷那辈情况更糟，没地没房，所有人扎堆挤在一起，挤在一间棚屋里。

为了说服他，我父亲说，稻田适于耕种，那里会下雨，土质也不错，"看"，他伸手展示田地和院子、展示他们周围的森林，"这里什么都不缺"。"你有孩子，能帮上忙。这里有一种这么大的黑色小鸟，"他以手指的指骨大小展示这个祸患的大致体积，"它们会在清晨袭击稻田，孩子们能帮忙驱赶。这里的每个人都要早起赶鸟，只有这样才有好收成。"

这是事实。我们在腹地内陆的沼泽沿岸种植水稻，那里有水源。在那些漫长的岁月里，我们日出前便起床前往庄园的农田，捡拾树枝、石头等一切能驱赶小鸟的东西。这些鸟儿很小，在晨光中，乌黑的羽毛几乎闪着蓝光。如果我们动作不够快，鸟喙便会扎进成熟的谷粒，用它细小的舌头吸走里面所有的东西。当大人们开始劳作，便轮到我们小孩来驱赶祸害。孩子们携弹弓而来，有时会打中小鸟。有一次，贝洛尼西娅哭泣不止，直到我提议我们给小鸟举行葬礼，用一个蜡烛盒做骨灰盒，再配上我们在田里采的花，她才停止哭泣。

舅舅和他的妻子分别骑了一头毛驴，孩子们步行，轮流坐在牲畜上。他们住进一间石屋。这是一间空房子，用来收容抵达此处的佃农。他们被允许暂住于此，直到依据新来家庭的生产力和意向，搬进最终的住所。如果他们被接纳，会得到一小块土地，用来建造自己梦寐以求的房屋，拥有院子和小型家畜。

舅舅塞尔沃在妻子埃尔梅利纳和六个孩子的陪伴下来到这里。那是我们第一次见到他们。母亲激动不已，以她特有的细心周到，宰掉我们院子里的两只鸡，做了一顿丰盛的午餐。我们端着盘子坐在地上，害羞的孩子躲在父母身后。萨卢之前没见过嫂子，马上打听侄儿们的名字。"这个留着等你取名呢，萨卢。"她说的是我最大的表兄塞维罗，差不多是个少年了。虽然已经长大，却和弟弟妹妹一样害羞。"孩子这么大了都没有接受洗礼吗，塞尔沃？"母亲抱怨哥哥的疏忽。

午饭过后，表兄弟们在空地上散开玩耍，渐渐适应了这里。

他们即将入住的房子离圣安东尼奥河更近，和我们家的方向相反，因此我们的联系不会那么频繁，只有聚会、假期或者我们家举行雅雷仪式时才会见面。我没在圣安东尼奥河洪泛区的稻田见过他们，不知道他们赶鸟是不是和我们一样厉害。不过，这个害羞的表兄塞维罗时不时会和舅舅、舅妈一同来看望我们。倘若正值雅雷仪式，我们便整夜在空地追逐嬉闹，讲故事，欢歌笑语直到天明。

奇怪的是，我和贝洛尼西娅原本越发亲近，这些时候却互相回避，也许在以一种不经意的方式争夺塞维罗的注意力。多明加斯和泽泽忙着和小朋友们玩耍，而几乎是少女的我们，慢慢发现一个男孩能够在两个少女心里唤起怎样的悸动。我们的乳房已经初显，臀部变得结实，身体也前所未有地漫溢出馥郁芳香。两个少女发现自己有了虚荣心，要求在家里安一面镜子，尽管衣服少得可怜，还是把闲暇时间全部花在打理发型和搭配服装上。

塞维罗慢慢克服羞怯，开始不停地与我们交谈。刚开始，我们双重的、为两个人而言说的声音，不经意间训练着表兄如

歪犁

何在没有教学的情况下，轻松地理解我们为交流而设计的手势。很快，他也学会了交流，有时做得比家里任何一个人都好。他很快就察觉到，不仅我俩明显会嫉妒他更关注谁，大家也嫉妒他在如此短的时间内达到的理解程度。或许，表哥比我们的父母更能理解我们。

上百只紫辉牛鹂在每天拂晓来临。我们跟在后面，用武器把它们吓跑。这种牛鹂善于伪装，懒惰狡猾。它们吃的是我们种的米，听说它们就喜欢现成的东西，不会自食其力。沼泽区的紫辉牛鹂会在肉垂水雉或有着火红色羽毛的唐纳雀的窝里下蛋，而这些鸟儿对着以为是自己幼仔的鸟蛋"啁啾，啁啾"地唱歌。紫辉牛鹂还在棕巨灶鸫建造中的鸟窝里下蛋，灶鸫本想庇护自己的幼雏，未曾料想还庇护了巢寄生鸟的幼雏。牛鹂还会让辉蚁鵙、白头霸鹟、腹棕鸫、淡腹鸫、大食蝇霸鹟、黑水雉、红腰酋长鹂给自己孵化受精蛋。紫辉牛鹂的蛋听着坎普拟黄鹂，甚至是地栖的黄腿穴鸫的歌声长大。不过，我从未在灰嘴潜鸭的窝里见过紫辉牛鹂的蛋。这是为什么？我俩和塞维罗会在我们家，更多是在圣安东尼奥河旱地那边的塞尔沃舅舅家见面时聊天，而这些都是我记住的东西。

舅舅的到来为我们欢庆圣人节添了一位鼓笛乐手，因为祖先灵魂的节日原本主要以阿塔巴克鼓[1]伴奏。多年来，他演奏的鼓笛成了当地乃至远乡庆祝仪式的主旋律，因为我们还会前往雷曼苏和保德科莱尔的村镇庆祝圣弗朗西斯科节和我们尊奉的其他圣人的节日。

圣塞巴斯蒂昂[2]深受父亲尊崇，其节日也最为盛大。它通常在圣人诞辰日举办，聚集的村民最多，吸引的外来信众最广。许多人从遥远的地方赶来，参加祖先灵魂的仪式，以先灵馈赠的食物和饮品庆贺佳节。我们小孩会远离主要活动，小朋友在房屋周围玩耍，大孩子争相吸引大人的注意。我和贝洛尼西娅在听卡梅纽扎姊姊和托尼娅姊姊的女儿们聊天。她们谈论着庄园主人的造访，想知道那些人是否来过这里，是不是也从我们的院子里拿走土豆。"但我们院子里的土豆不是他们的，"有

---

1 阿塔巴克鼓（atabaque），一种锥形单面长鼓，鼓身木制，鼓面兽皮制，周身缠绕着由金属环连接的绳索，通常用于非裔巴西人的宗教仪式或节日庆典。

2 圣塞巴斯蒂昂（São Sebastião），古罗马禁卫军队长，于公元三世纪宗教迫害时期被罗马戴克里先皇帝杀害，被尊奉为天主教圣徒，文艺作品通常将其描绘成被捆于石柱之上被乱箭射穿的形象。

人说，"他们种的是水稻和甘蔗，却拿走土豆、豆子、南瓜甚至茶叶。而且，如果挖来的土豆比较小，他们还会让我们去地里挖更大的。"桑塔瞪大眼睛表示愤怒："真是暴利！他们已经从水稻和甘蔗的收成里赚够了钱。足够去商店或城里的集市买土豆和豆子。倒是我们，什么都买不了，只有去卖曲叶矛榈果酱和棕榈油时才能溜出庄园而不引起注意。""但土地是他们的，我们不给的话，就会被赶走。他们哪怕吐口唾沫，都能在唾沫风干前让我们滚蛋。"有个人讽刺而又愤愤不平地说道。

塞维罗在远处看着我们，在干燥的泥土上画画。

黎明时分，母亲问我有没有看见贝洛尼西娅和多明加斯。多明加斯正和让迪拉婶婶的女儿在房子侧边玩耍。我没看见贝洛尼西娅。"大家都陆续走了。"母亲说。她让我带妹妹去睡觉。我没有马上听从。多明加斯看起来并无困意，我便让她待在一个角落，自己在屋子周围转悠，寻找贝洛尼西娅。在不远处一棵几乎枯萎的巴西李树下，我看见一团阴影，在黑暗的夜色中显得格外突出。那个晚上比较凉，有的人穿上暖和的衣服回家，其他人则用双手抱在胸前取暖。我慢慢靠近荫蔽着那团阴影的树。然而，还没等我走近，阴影就分作两半。贝洛尼西娅从荫蔽处走出来，仿佛什么也没发生。她昂着头从我身边走过，面露笑意。我还没来得及靠近，塞维罗也离开巴西李树，往父母那边走去。他的父母已经提着油灯准备回家，火光随着手臂而晃动。

余下的夜晚我无法入眠，甚至没有再看妹妹一眼。我被一种失望和竞争感所占据。此前我从未有过这种感觉，直到那一刻。

8

　　天亮后，我告诉母亲，贝洛尼西娅头天晚上和塞维罗表哥待在巴西李树下。尽管不确定自己看到了什么，我还是凭直觉添上看见他们亲吻的情形。我平生第一次看见母亲眼角抽搐，不听任何解释也不等父亲知晓就惩罚了她：用拖鞋一顿毒打。贝洛尼西娅经受的每一次抽打都灼烧着我的皮肤。我被一种奇怪的感觉侵袭——复仇的欲望，看见那一幕遭受的背叛，同时还感到心痛如绞。因为我从没见过妹妹挨打，也因为自从割舌事件以后，我们向来连成一体，比萨图尼诺的双胞胎女儿还要亲密。

在那之前，贝洛尼西娅和母亲更为亲近，而我总感觉与父亲的联系更为紧密。然而，相比于皮肤的灼痛与伤痕，这次挨打更伤害到她的内心。母亲害怕父亲的反应，没有说发生了什么，但她应该设法告知了塞尔沃舅舅，比如让人捎个口信或者便条，毕竟她会写字，但我并不确定。此后相当长一段时间里，我们都没再看见塞维罗，哪怕是仍旧在我们家定期举行的雅雷仪式上也没有。

贝洛尼西娅好几周都没有正眼瞧我。她从房间来到客厅，甚至院子或空地，同其他弟弟妹妹待在一起，唯独忽略我。面对她流露出来的痛苦，那件事给我带来的欺骗感逐渐消散。我突然感到内心一阵沉重：因为是我挑拨母亲惩罚贝洛尼西娅，而且与此同时，我无意中让塞维罗远离了我们的生活，这令我始料未及。虽然泽泽和多明加斯未跟父亲下田时仍旧顽皮，而且几乎每天都有人来求助祭司大帽子泽卡，但家里变得更安静了。我从母亲的脸上看出她对自己所作所为的悔意。萨卢是个精力充沛的人，她说话坚定，从不迟疑，但从未动手打过任何

| 歪犁 |

一个孩子，更别提用拖鞋打。她试图弥补自己的怒行，先于我们所有人给贝洛尼西娅一杯面糊，或者把不费力的家务活交给她，比如清洗架子上的碗，而安排我用桶从井里或河边担水。

如果说妹妹对母亲的反应表现出的是淡漠，对我则更糟。贝洛尼西娅那几周对我是彻头彻尾的蔑视。我任何示好的举动她都熟视无睹，令我的懊悔只增不减。虽然她年纪不大，但却骄傲、富有主见。我不知道那天发生了什么，为什么她和塞维罗单独待在一起。我们曾经事无巨细地分享生活中的一切，但自从表哥到来，却从未谈及对他产生的爱慕。或许我们害怕让对方难过，对我俩而言，都倾慕于他已是心知肚明。或许暗自争夺更为合适，我们都相信谁也不会越过为这件事划定的假想界线。

这一切在一天下午发生改变。一场突如其来的暴风雨过后，母亲关上家门，带我们去圣安东尼奥河。她拎着铁皮桶和鱼竿，想捕捉被急流席卷而来的鱼儿。我和贝洛尼西娅跟在后头，彼此间隔着多明加斯，没有任何交流。头几次，母亲像往常一样给我或者给她传口信，因为我俩不和对方说话，只能由多明加斯负责重复消息。母亲感受到我俩之间结下的矛盾，开始严厉地训斥我们。她说我俩在同一个肚子里长大、被祖宗老纳戈的双手迎接至这个世界，那不是同住一个屋檐下的两个姐妹应有的态度。她说她生的是姐妹，不是敌人，她不会再容忍我们的暴躁脾气。她还让我们最好和对方说话，因为她不能接受两个女儿相互厌恶。我们没有顶嘴，但对于重建关系也没有什么行动。自挨打事件相当长一段时间后，我们终于开始交流，因为多明加斯用她的好奇心和路上发现的东西逗得我们发笑。她俩想争抢一颗成熟的橘子，多明加斯试图让我也加入。最后，多明加斯把多汁的橘瓣分给我们，说她已经尝到了最大最甜的部分。

　　河里水流湍急，母亲便把我们带到一个由圣安东尼奥河补给水源的小湖泊。我们翻动湿润的土壤，挖出一些蚯蚓做鱼饵。多明加斯说她挖出来的蚯蚓最大，嘲笑我和萨卢挖的。母亲用她灵巧的双手将可怜的蚯蚓弯折几下，鱼钩穿过它们的身体，就像压缩的手风琴。"它好像圣塞巴斯蒂昂。"我们听罢笑作一团，母亲除外，她批评道："多明加斯，不许开圣人的玩笑。你见过有谁这么干的？"

这片湖泊多淤泥，湖面满满当当地覆盖着绿藻。不过河水泛滥，鱼儿被裹挟至此，正以迅雷不及掩耳之势吃掉鱼饵。多明加斯在母亲的帮助下，告诉我们是什么鱼上钩了。湖里有数不清的甲鲇。"多明加斯，甲鲇正在成群地游呢。""甲鲇没什么鱼"——她是想说"肉"——"抓别的"，多明加斯笑着说。"当心你的鱼竿和鱼钩。"母亲一边说，一边照看着天色是否还会下雨。"鱼上钩啦，妈妈。"多明加斯惊喜地睁大双眼。我感觉自己的竿绳也有一阵动静。这时，贝洛尼西娅抬起她的鱼竿，"我抓到了一条"。母亲说："你那条抓好了，贝洛尼西娅，我们午饭吃。等我来帮你。"说着便跑过去帮忙拉绳。我这条鱼挣扎着想摆脱鱼钩，多明加斯向我走近。"姑娘，快帮帮你姐姐。"母亲一边指导，一边试图留住她捕到的鱼。我把这条鱼提起来时，它还在活蹦乱跳，想回到水里呼吸。萨卢这时喜笑颜开，因为她发现那是一条项鳍鲇，准备用棕榈油煎着吃。

那天上午，我们又花了一小时捕捉被雨水携来的黑水河湖泊漫游者。回家路上，我们必须再次赤脚穿越沼泽地的泥塘，因为我们的拖鞋会黏附于淤泥之上，穿在脚上无法拔起。"你们慢慢摸过去。"母亲说。这样我们就不会被可能沉入那片大泥湖中的石头和木头碎片弄伤，继而到达路边。突然，我感觉自己踩到了一个坚硬的东西，霎时，我的脸痛得皱成一团。某个像是陶瓷碎片的东西割伤了我的脚，留下一道深深的切口。贝洛尼西娅离我最近，她帮我抬起那条腿，来到路边。萨卢正艰难地穿越泥塘，大声指示妹妹拔出割伤我脚的东西："我不是说了让你们当心？"那是一块被丢弃的、破碎的滨螺壳，像刺一样深深地钉入。我没有勇气自己把它拔除，疼得哭了起来。贝洛尼西娅扶住我，一下把它拔了出来。这时多明加斯靠了过来，说着"让我看看，让我看看"。我们来到河边清洗双脚。一大股浓稠的鲜血从我的身体里流出，给大地染上鸟羽般的殷红。萨卢摘了一些草药和几片树叶，在指间碾碎，敷至伤口。得等到我们回家，才知道父亲会怎么做。

| 歪犁 |

9

　　我在母亲和贝洛尼西娅的搀扶下，单脚跳跃着回到家。除了这道深深的伤口让我很多天都没法把脚放在地上之外，我感到某种释然，因为妹妹重新同我说话。她和多明加斯一起，连续几周扶着我行走，当我需要走动时，也允许我把手搭在她的肩上。

　　被割伤的脚让我疼痛难忍，没法在空地和院子、农田与河边行走。自从命中注定的那天起，这便是我们生命的契约。那天，多娜娜的刀子劈开了我们的故事，割断了一根舌头，阻止声音发出，还伤害了一位水神母亲[1]的骄傲。不过，它让两个在不同时间、从同一个子宫诞生的姐妹的生命紧密连结，直至那一刻到来。我对塞维罗表哥的喜欢不及我对妹妹的情感，不及我应当给予她的保护和她对我的保护。倘若不是那天下午捕鱼让我的脚受伤，或许我会和贝洛尼西娅疏远更长时间。没有交流，好比我们俩让彼此都失去声音，让我们之间最亲密的存在失去声音。她不触碰我，便无法感受到我的身体随着呼吸而起伏。我不触碰她，便无法感受到她血管里血液之河流淌的速度。我无法从她的内心波动和情绪知晓她是愤怒还是平和。她也无法看着我的眼睛，只是观察我的动作便知道我的想法。

我们渐渐克服了争吵，在拉近关系的同时，始终避免谈及塞维罗。他仅仅作为家族的另一名成员存在，远离我们的情感生活。他对我们生发的所有魅力似乎都被埋葬了。我们希望时间保管那份一时兴起的恋慕，只让我们之间的家庭纽带恢复如初。神秘的是，我的父亲似乎不知道发生了什么，又或者他知

---

1 水神母亲（Mãe D'água），又称乌亚拉（Uiara），是主管淡水流域的神灵。巴西民间传说通常将其描述为美人鱼形象。

| 歪犁 |

道，却因为一些我们永远不得而知的道德或神秘原因，更倾向于无所表露。

我们在家里的雅雷仪式再次见到塞维罗表哥。同行的还有塞尔沃舅舅、埃尔梅利纳舅妈和更小的表弟表妹。随着赶跑稻田里成群的紫辉牛鹂，他们也在长大。我们正经地彼此问候，不带太多情感，一如他来到庄园、我们初识那天。我们俩也肉眼可见地长大了。我和贝洛尼西娅会用一捧泥土埋掉经期的余物，会用一块布裹住胸脯，避免乳头透过衣服的布料显现。庄园的男人愈发频繁地盯着我俩，但不会做出其他出格之事，毕竟我们是祭司大帽子泽卡的女儿。父亲受到邻居和信徒们敬重，受到庄园的主人、贵宾和主管苏特里奥的敬重。他是佃农中的楷模，无论对他提什么要求，他从不抱怨。无论多么困难，他都会召集邻居，细致地交付受委托的事项。他为满足苏特里奥提出的灌溉需求而堵截河水。他召集乡亲们砍伐木头以遏制洪流。他放牧牲畜，把它们带到绿意盎然之地吃草。他是佩肖托家族最为器重的佃农，他们请求他为黑水河带来新佃农，因为相信他对庄园负责，相信他能够劝服和调解人们之间的冲突，比如因围栏而起的争执，因散养牲畜踏坏别家田地而导致的纠纷。

因此，我们与同年龄段的年轻女孩不同，即便这些目光如狼似虎，渴望像择掉花瓣一般褪去我们的衣服，我们也几乎从未受到男人对青春期少女如此普遍的骚扰。很多女孩无法反抗这种进攻，倒在他们顽固的重压之下，又在父母的祝福下与他们结合，即使身体还未发育完全。她们屈服于附近的男人、工头和庄园主的统治。

佩肖托家族只想要黑水河的果实，他们不住在这片土地，从省城过来只是为了彰显主人的身份，让我们切莫忘记。不过，他们一旦完成这份使命，便立马打道回府。但也有些庄园主和农场主仗着人多势众，傲慢至极，痴迷于以统治者的身份自居，扬言自己是殖民者的远房后代，或者是在采矿时大发横财的一名副官，开始用权力操纵他人，而人们除了服从于他们的统治之外别无选择。

一天上午，母亲不安地回到家，找托尼娅婶婶谈心。贝洛尼西娅在这种时候显得漫不经心，而我比她更爱打听别人的私事，便来到储物架，一边洗碗，一边偷听两人说话。

歪犁

她们在聊克里斯皮尼亚纳。她的肚子被搞大了，惹得萨图尼诺一顿毒打。她们认定，对于一个鳏夫父亲而言，独自把孩子拉扯大无比艰难，女儿们还如此惹是生非，挺着个大肚子回家。然后呢？谁来养育孩子？听说克里斯皮尼亚纳拒绝说出孩子父亲是谁。人们担心她被萨图尼诺打死，不得不把她带出家门几天。而这些消息已经在庄园口口相传。谁会是孩子的父亲？邻近庄园的某个工人，还是黑水河本地的人？"如果她爸打得这么狠，"托尼娅婶婶思考，"难不成这孩子是她姐夫的？他不就是因为和克里斯皮尼亚纳有染，才把姐姐弄疯掉的？"母亲眯起眼睛，一副难以置信的模样："真的吗？伊西多罗？克里斯皮纳的那个对象？"

　　过了几天，贝洛尼西娅找我聊她从萨卢和托尼娅婶婶那里偷听的事情：克里斯皮纳和克里斯皮尼亚纳两姐妹不跟彼此说话了。克里斯皮纳怀了伊西多罗的孩子，但克里斯皮尼亚纳的肚子更大，没人知道孩子父亲是谁，于是她被打得皮开肉绽。我们的母亲感觉受到了冒犯，因为萨图尼诺扬言要割掉女儿的舌头，让她和泽卡的女儿一样。现在，她们站在家门口彼此对望，极尽两个女人之间可能存在的一切敌意来辱骂对方。她们曾经占据同一个子宫，长大了却不将对方认作姐妹。她俩的父亲沮丧至极，只能借酒消愁。

贝洛尼西娅神色坚定。很明显，她已经站定了这个故事中的一方。即便塞维罗表哥已经不再是我们姐妹情谊的牵绊，对他的爱意似乎也已然消散，妹妹的态度还是如同警钟一般提醒着我，作为姐妹，我们之间的关系能走到什么地步。

10

那时，母亲已经明确承担起助产士的工作。在这之前，助产士是父亲，他把职责转交给了萨卢。我父亲质朴斯文，讲求礼节，因此面对信徒和乡亲们的妻子时感到羞耻。所有这些促使他委托我的母亲承担接生的工作。多娜娜还健在时，会以迎接一个新生命的诞生所能拥有的全部敬畏之心承担这项任务。奶奶说接生的不是她，是我的母亲，她只是搭把手。从早早结婚或因旅者和佃农而怀孕的年轻姑娘，到奶牛、母马、母狗，什么样的接生她都帮忙。她有一双小小的手，能伸进子宫把胎儿从一边转到另一边，人们都说如果婴儿姿势不对或者胎位不正，就必须这样处理。

在多娜娜料理黑水河及周边地区的接生事务期间，母亲是她的帮手。她观察产妇身体的动作、祷告和禁忌；衣食住行，什么能做，什么不能做。她学习婴儿和产妇合适的洗澡时间，学习怎么使用那把等待新生儿降临的新剪刀，留心产妇孕期的痛苦。奶奶没法再提供帮助后，萨卢开始陪同父亲。作为祭司，他为女人们提供所需的帮助。我从未见过父亲接生，但母亲会向其他妇人讲述父亲触碰到临产女性身体时流露的种种局促。产妇有时躺在地上，倚靠着来自她家庭或邻居的一位女性，父亲则用右脚触碰她的肚皮，从胎儿的运动中捕捉讯息，观察分娩时机是否到来。

产妇处于微妙的姿势。她承受着针扎般的剧痛，猛烈地扭曲身体，赤裸的乳房和阴道随之袒露出来，常常衣不遮体，让我父亲感到尴尬、羞耻。不过，待在那里的并非我父亲，而是祖先灵魂老纳戈。他是黑水河居民的老熟人，是父亲身体和精神的主宰。他掌管着降福和疗愈，使其降临至所需之人和这片土地。父亲说，指定萨卢斯蒂亚娜·尼古劳为助产士的也是这位老者，是他的魔力指引着萨卢的双手和智慧来接生。至少，当被没有在我们这里生活过的人问及时，父亲是这么说的。

弗斯科在院子里不停地吠叫。贝洛尼西娅把传信者领进门，让他在客厅里等我母亲。萨图尼诺其中一个双胞胎女儿要生了，她正在圣安东尼奥河畔的泥屋里痛苦地挣扎。消息匆忙，他不知道是哪个女儿快生了，但据母亲估计，应该是克里斯皮尼亚纳。她曾经和克里斯皮纳一起在我们家住过——我回想起当时姐姐失望至极的情形，部分正是由她妹妹所致。

传信者神色绝望，可以看出事态紧迫。她的父亲及时将女儿绑住，避免她在家里闹事。她体内仿佛被某个恶灵盘踞，双眼如炭火般燃烧，方圆几里都能听见凄厉的尖叫。这声音响彻山谷，发出恐怖的回音。声声怒吼随着午后燥热的风传到我们耳中。

事情紧急，母亲带我同去，留贝洛尼西娅看家。因为双胞胎传来的消息，母亲一路上忧心忡忡。我至今还记得，当一声怒吼如热气般朝我们扑面而来时，她变得有多么紧张。"开开恩吧！"母亲向老纳戈呼救，当众发出祈祷。她打破了那些时刻所需的专注，为了能够给这项任务中其他神灵的表达赋予意义，专注是必须的，就像我父亲那样。

那天，构成那座房屋景观的一切都宛如活物。一棵树被砍成碎木柴，显然是为了给萨图尼诺家和他住在周围的孩子们家生火。熟透的菠萝蜜堆成小山，引来成群的苍蝇甚至蜜蜂。一些树杈和黏土残余在地，还有一些黏土装在几个铁皮罐里。显然，萨图尼诺家要在黑水河再建造一间蜂房。门口有些扔掉的东西：一把梳子、一个空香水瓶、一些杯子和搪瓷盘，还有一只已经变形的大盆子。看得出来这盆子很旧，但仍然保留着些许光泽。

面对这些事情，母亲不如她的婆婆能干。相比于多娜娜，萨卢似乎更如常人，也更容易出错，而奶奶则像一个在世的神灵，近乎超人。即便如此，萨卢还是带着作为祭司大帽子泽卡妻子的尊严和权威进屋。我立刻从临产女子的面容中看出她精神错乱。她无法自控，上前攻击萨卢。那一刻，我仿佛预见了正等待我们的美妙生命。我在父亲、奶奶以及近期母亲的信仰中长大。这些物品、药根糖浆、祷告、仪式、支配他们身体的祖先灵魂，通通构成了我们成长的世界。母亲原本犹豫不定，过来的路上还祈祷着天恩和福祉，现在却能抑制孕妇所造成的混乱，无论这种混乱是源于痛苦，还是源于我们未知的灵魂。这种变化是能量的奇迹。因为习惯了泽卡的果断，我从来没有机会像现在这样专注地思考。母亲在我面前抬起右手，用力抓住女人伸出来想打她的胳膊。这个动作足以平息孕妇的咆哮和愤怒，在场者都松了一口气。

分娩者是克里斯皮尼亚纳。或许因为爱上姐夫却遭受抛弃和孤独的折磨，她任由自己被痛苦的洪流裹挟。这痛苦与曾致使另一人被绑到我们家的痛苦如此相似。与我们在途中相遇的埃尔梅利纳舅妈帮我母亲把孕妇抬上床，将她固定。不久，一个男孩出生了。他的啼哭宣告着这个地方充满了生命力，而短短几小时前，我们还能听见他的母亲痛苦而谵妄地大叫。克里斯皮尼亚纳精疲力竭，抱着孩子睡着了。她不再因为自己和孩子的未来恸哭。就像老纳戈的手曾经安抚她暴怒的身体，那段日子里，孩子又宽慰了她饱受虐待的心灵。

萨图尼诺一看见小男孩的脸便痴痴地笑起来，脸上浮现出宽恕的神色。

　　克里斯皮纳从院子另一侧的窗户观望着一切，不知如何向父亲乃至妹妹表达他们所期许的原谅。也许伊西多罗感到羞愧，宁愿去田里。自己做的恶事摆在眼前，他没脸面对双胞胎姐妹。

　　二十八天过去，母亲再次被唤去接生，这一次是克里斯皮纳。又是满月的一天，贝洛尼西娅陪她同去。然而，她们离开后不久，妹妹便独自返回，焦急地带走父亲。克里斯皮纳有一些不好的症状，母亲认为最好把泽卡找来。父亲把右脚放在女人的肚皮上，发现孩子没有任何动静。

　　"是个死胎。"母亲说。那是当时所有人都不愿听到的判决。

　　歪犁

11

　　所有人那段时间都担心克里斯皮纳的疯病会复发，担心她像过去一样消失，甚至需要再次被带到我们家治疗灵魂的恶疾。消息传来，她水米不进，蓬头垢面，已经陷入令人担忧的忧郁状态。伊西多罗担心妻子悲伤过度，放下庄园的部分工作来照顾她。妹妹仍然和自己同住一个屋檐下，小外甥健康茁壮地成长，还有可能是她丈夫的孩子，这些让她无比沉重。

　　事情没那么容易解决，但时间的确冲淡了情绪。我们知道，尽管克里斯皮纳在克里斯皮尼亚纳艰难分娩时显得冷漠无情，但看到深陷忧郁的姐姐反应迟钝、需要照料的时候，妹妹还是毫不犹豫地去找姐姐，像已故的母亲那般照顾她。起初，克里斯皮尼亚纳担心姐姐的反应，避免带上小家伙，怕她认为这是对她丧子之痛的冒犯。此外，她也担心克里斯皮纳在孩子脸上隐约瞥见某些伊西多罗的痕迹。

然而，孩子本身天真无邪，以他或悲或喜的姿态唤起姨妈黯淡神色的一抹光亮。而且，就像我们无法解释或知晓的事情那样，克里斯皮尼亚纳的奶水意外地干枯了。究竟是这位母亲有意为之，还是黑水河居民生命里如此普遍的神秘事件之一，我们永远不得而知。虽然姐姐沉浸于丧子之痛，但她注意到小外甥哭泣不止、身体不适，无须任何人请求，就把他庇护到自己怀中。也许她本能地让孩子自己追逐乳汁，即便诞下死胎这么多天，汁水仍然如清泉般涌现，像环绕着韦利亚高地[1]的山脉上的泉水。这个举动让双胞胎短暂地团结起来，直至下一次争执和打斗。她们在亲情和仇恨之间摇摆，这成为生活的一部分，直至生命的最后一天。

---

1 韦利亚高地（Chapada Velha），位于巴西巴伊亚州西北部。

我们家举行了众多宗教仪式，在其中一场雅雷仪式上，我看见小男孩迈开步子，奔向姨妈的怀抱。上一次看见他时，他还在克里斯皮纳的怀里吃奶，两姐妹正在众人面前害羞地交谈，那时孩子已经快两岁了。他强壮活泼，长得很像姐妹俩和萨图尼诺，完全没有任何可能是他生父的伊西多罗的印迹。

那是十二月圣芭芭拉节的夜晚，尽管父亲有操办雅雷仪式的义务，他起床后还是闷闷不乐。别人问他问题，他都极其简短地回答。只有我们这些最亲近的人才知道他神色不悦的原因。傍晚将至，托尼娅姊姊带来一个旧箱子，里面装着祷告过后，父亲夜间需要穿上的祖先灵魂的衣物。随着灵魂到来，它们会占据他的身体得以现世。箱子里保存着圣芭芭拉的服饰，她是伊安萨[1]，夜之主宰，自从泽卡上次穿过之后被洗净熨干。父亲对这套衣服十分抗拒，它们甚至不像其他衣物那样放在圣人堂保管，而是放在托尼娅家，她本身也是雅雷之夜祖先灵魂的

---

1 伊安萨（Iansã）：雅雷宗教的女性祖先灵魂，雷电和风暴的化身，对应天主教圣徒圣芭芭拉。非洲黑奴被迫贩卖至巴西之后，天主教会通常会对其进行洗礼，强迫其皈依天主教。因此，非洲黑奴、解放奴隶等非裔族群通常将传统宗教的祖先灵魂与天主教的圣徒相对应，使古老的信仰传统得以延续。

助祭[1]。

大帽子泽卡感到羞耻，他不得不放弃尊显自身领袖和精神之父地位的裤子而换上裙子，将身体借给一个女人。他出于责任这样做。自从他在安达拉伊小镇的若昂·杜·拉热多家祛除疯癫，成为祭司以来，便承担着这项义务。但是他感到羞耻，因为观众不是他的亲戚，就是他的邻居，他曾经无数次带领他们在庄园集体劳作。

这天晚上，我待在女助祭身边，她们要在仪式过程中帮助父亲更换衣物。鼓手在院里燃烧的篝火上加热他们的鼓。祷告过后，火星突然大量迸发，第一位祖先灵魂来了，正是节日的女主人——圣芭芭拉。托尼娅婶婶带来的箱子里装着红裙子、王冠和伊安萨的宝剑，全都是圣徒穿戴的装饰物。圣人堂是众人祷告的场所，里面烛光闪烁，摆满了绚丽的圣像。这些圣像由石膏和木头制成，大小新旧不一，有圣塞巴斯蒂昂、钉于十字架的基督、耶稣、圣拉撒路、圣罗克、圣弗朗西斯科和西塞

---

1 雅雷宗教有其特定的层级制度，由于无法在中文语境找到更为贴切的表达，此处借用天主教的"祭司"对应级别最高的雅雷仪式组织者及祖先灵魂附身者，借用"助祭"对应辅助仪式筹备开展的助理信徒。

| 歪犁 |

罗神父。里面还有小幅画像，或鲜艳或褪色，有圣葛斯默和圣达弥盎两兄弟、显灵圣母、圣安东尼奥。父亲、老多娜娜和其他众多信徒小小的照片也放在里面。还有或新或旧的纸花、我们从路边或附近岩缝里采摘的蜡菊。

天气燥热，在场者都汗流浃背。他们用手背或手心擦拭汗水，不停地念诵祷词。来者众多，房间却很小，大部分人在客厅跟着祈祷，主要是妇女和老人。孩童们对祷告不感兴趣，要么窃窃私语，要么一起玩耍。如果太过喧闹，便会有一位妇人转过身来，怒目圆睁，伸手指着，警告他们保持安静。

祖先灵魂现世之前的吟唱别具美感，当父亲离开圣人堂来到客厅中央，伴随着阿塔巴克鼓的乐声起舞，一切变得更加令人着迷。父亲是个精瘦的男人，不如我母亲高，肤色比我们浅。他并不年轻，脸庞承载着岁月的痕迹，皮肤被烈日和厉风侵蚀，沟壑纵横。然而他得种地，必须终日面对这些，才有在庄园拥有家庭住所的权利。那时候，大帽子泽卡看起来已经像个老人。他是黑水河及周边地区居民的向导，从工作分歧到健康问题，各种事情都要参考他的建议。

圣人堂闷热不已，里面散发出汗水和薰衣草的气味。此刻，泽卡的身体里容纳着圣芭芭拉，他穿着托尼娅婶婶精心熨平的红白长裙，头戴装点着红色串珠的闪耀王冠，脸庞被其遮盖。父亲握着自己制作的木剑走了出来，身手敏捷地用这把小剑划破长空。"啊，金发处子圣芭芭拉，她带着金宝剑降临世间。"观众爆发出掌声，伴着鼓点齐声唱诵。随着鼓手加快击鼓的节奏，圣芭芭拉的步伐和回旋也越发激烈。两个女人伏在地上，半闭双眼，昭示着更多圣芭芭拉的降临。母亲和托尼娅婶婶将她们领进屋，以便她们也换上衣物。

最近几次雅雷仪式中，塞维罗都站得离鼓手更近，全神贯注地留心鼓点。之后，他冒着风险独自敲击滚烫的鼓皮，试图重现这种节奏。他长大了，变得更加强壮，衣服也小了，身体从里面撑出来。他的笑容总是那么灿烂，皮肤因为在骄阳下劳作而变得更加黝黑。贝洛尼西娅的目光同我一样——我知道她也注意到了我——留心追踪他的举动。塞尔沃舅舅也会短时间承担其中一个鼓位，通常在庆祝仪式开场，或者当他敬仰的祖

| 歪犁 |

先灵魂，如图皮南巴[1]，来到客厅在众人中间旋转。很多时候，苏特里奥也会加入观众的行列，还尝试在两场舞蹈的间隙演奏阿塔巴克鼓。

这天夜晚尤为特别，因为市长来到此地。五年前，父亲曾为他的一个儿子治病。当时他们开着轿车找来，一辆我们从未在黑水河见过的红色雷诺。我们那时只知道庄园的老式福特，还有我们因为那场意外去医院时在马路上看到的汽车。自此以后，他们总会在圣芭芭拉节出现。不过，这是父亲第一次没有接受献礼，他请求市政府派一位老师过来，给庄园的孩子们教书。父亲说，他看见埃内斯托的脸色窘迫不已，但又找不着托辞，只好应允承诺。市长对父亲和圣芭芭拉感恩戴德，此外也害怕治愈儿子的魔力消失，因此必须遵守承诺。于是，几个月后，一位女老师每周三天搭乘市政府的轿车来到菲尔米纳婶婶家，给孩子们上三小时课。菲尔米纳婶婶独自生活。她有一间小棚屋，里面安置了几块木板，用装满泥巴的铁皮桶支撑，成为七八个孩子的板凳。母亲也来帮忙，巩固我们向马莱内老师

1　图皮南巴（tupinambá），巴西的一个印第安人族群，此处应指该族群的保护神。

学习的知识。她说自己只有数学教不了，因为她不会，"我识字，但不识数"。

一开始，市长甚至提出了一个更为省事的解决方案。他知道我母亲识字，想让她当老师，但母亲知道自己能力有限，拒绝了提议。她强调自己"识字，但不识数"，并且希望自己亲生的、接生的孩子们能够拥有学识，过上比她更好的生活。正因如此，父亲拼尽全力也要为我们争取一位老师，但他知道一位老师远远不够，还需要一间学校。父亲并不识字。他用手指签名，指腹布满了由于收割果实和丛林荆棘而导致的伤口和老茧。当需要在某些文件按下指纹时，他会藏起沾满墨汁的双手。在我看来，父亲一生的所有愿望里，或许他最执着追求的便是孩子们能够书写和阅读。那些见证他在田间辛勤劳作或庄严守护雅雷信仰的人，认为土地和信仰是他生命最大的财富。然而，当我们看到他在孩子学习阅读时油然而生的骄傲，看到他如此重视教育，我们知道这才是他最想留给我们的财富。

那天夜晚，在其他祖先灵魂到来并附身于父亲之前，我看见圣芭芭拉旋转、呐喊、用剑指向市长并就此停住，对此我并不诧异。她仿佛在向君王致敬，又仿佛在指着臣民，当着所有人的面，要求他兑现曾经的诺言——为佃农的孩子们建造一间学校。我并不记得我们曾听说过这个承诺。面对黑水河四十户家庭的目光，市长显得有些不知所措，勉为其难地笑了笑。他回想起那些恩泽，又害怕不尽力遵行圣人的旨令会让厄运降临，于是近乎怜悯地默许了。

12

短短几个月后，学校便开始动工。我们不知道市长和佩肖托家族之间是如何进行谈判的，也不知道其中有什么特殊的利益关系，但这项工程得到了许可，由居民们自己利用周日建造这间三室平房，因为周日不必耕种——但喂养牲畜的活儿不能停下。建造地点就在通往圣安东尼奥河和乌廷加河的道路交界处。

这项工程来得及时，因为就在那年开始了一场漫长的旱季。因此，即便工人的工资拖延了数月，数额也很少，这笔钱还是

| 歪犁 |

保障了许多家庭的生存。那是一段艰难的时光，父亲称其为一九三二年以来最严重的旱灾。那也是我最后一年在这片土地见到大片的稻田。水稻赖水而生，随着干旱到来首先干枯。接着是甘蔗、豆荚、巴西李树，番茄、秋葵和南瓜的植茎也全部枯萎。人们在家里和庄园的仓库里储备了谷物。旱季来临，大家先是担心因为缺少农活而被赶走，随后则是更直接地恐惧饥饿。谷物越吃越少，豆子先被吃光，而后大米也所剩无几。木薯粉的供给还算充足，一些家庭磨好薯粉，用它换取其他食物。相较以前，我们更加频繁地去河边捕鱼，现在几乎每天都去，但捕到的鱼越来越小，只能给木薯面团添点鲜。大鱼通常随着洪水从上游而来，但因为连雨丝都没有，只剩下不那么肥美的鱼，比如甲鲇和脂鲤。

如果有李子，再加点盐，鱼肉吃起来便能有些味道。当木薯粉也快要吃光时，父亲想起了多娜娜曾经做过的李叶豆饼的食谱。这里有许多枝繁叶茂的豆树，抗旱能力良好。它们是次要的食物储备，在我们还有其他食物时被忽略了。就这样，我们吃了好几个月的李叶豆饼，直到恶心犯呕。

我们家有一小块地用于种植棕榈，庄园的牲畜会和我们争夺棕榈果。供人食用的仙人掌则种在菜园里。那些没有预先自己种植棕榈的人，只能靠邻居接济数月，以保证有棕榈油烹调市场上买来的肉块。人们也会打猎。不过旱灾最为严重的时候，相比于找到能够猎杀的动物，更容易找到它们由于食物短缺而饿死的残骸。由于被猎杀，加上旱区缺水，鹿变得稀缺，好不容易看见它们在沼泽地饮水，数量却越来越少。就连十分常见的豚鼠也不再在森林里露面，更别提水豚和蹄鼠。人们有可能捕捉到冠雉、鹬鸟、白腹棕翅鸠之类的飞禽，但这些鸟几乎没有肉，于是我们尝到一点骨头的味道便心满意足。埃尔梅利纳舅妈甚至给我们讲述了保德科列尔一户人家的故事。他们饿得绝望之际吃了一只叫鹤，而这鸟吃了一条响尾蛇，鸟肉已经被毒液渗透，一家人吃完便一命呜呼。

我们最常捕捉到的是双领蜥。这种蜥蜴容易被发现，因为它们以动物的死尸为食，无论是缺草而瘦骨嶙峋的家畜还是被干旱击垮的野味，它们都吃。因此，只需要在死了动物的地方守株待兔，就能捉住它们。而且，倘若我们不吃掉它们，它们必然会吃掉骨瘦如柴的我们。

孩童最受折磨：他们停止生长，变得气息奄奄，体弱多病。我数不清有多少孩子命丧于吃糠咽菜，被送葬队伍运往维拉桑的墓地。死亡降临到我们邻居家里。哪怕大帽子泽卡用尽浑身解数为病童恢复健康与活力，还是有许多孩子没能挺住。父亲为每个生病的孩子点燃蜡烛，但它们似乎不想继续燃烧。即便没有风，也没有气流，蜡烛还是会熄灭。父亲说已经无药可医，但面对无力扭转的局面心有不甘，于是让他们另寻巫医，要么就听天由命。

我们继续收摘曲叶矛榈果和棕榈果，以便周一带到城里的集市贩卖。母亲和几位婶婶带着我、贝洛尼西娅和多明加斯在沼泽地捡果子。父亲、泽泽和其他佃农则收割棕榈果串以备榨油。曲叶矛榈很高，果实不容易成串收割，需要等它们自己掉落。我们把果子放在水桶里泡软外壳，再用手轻轻掰开，取出黏糊糊的果肉装进麻袋，顶在头上沿路进城，卖给制作并兜售曲叶矛榈果脯和果汁的女人。

一路上烈日炎炎，经过暴晒，曲叶矛榈果的汁液从麻袋缝里渗出，黏腻的橙色果肉沾在身上，我们黑色的皮肤几乎变成了古铜色。等走到城里时，头发和衣服上的污垢令我们羞愧不已。于是，我们将布料卷起垫在头下，平衡重量的同时也能些许缓和滴下来的汁液。不过有的日子，太阳好似一团熊熊燃烧的篝火，令我们的身体被曲叶矛榈果的汁水覆盖。我甚至会在果肉掉落的地方滑倒。如果有棕榈油，我们同样会带到集市贩卖。我们通常在院子里榨出棕榈油，将它装入甘蔗烧酒的空瓶，再用用过的软木塞封口。那时我们没有驮畜，只能靠臂力搬运蒲草袋，里面装着盛满棕榈油的瓶子。等我们走到集市时，双手早已浮肿、麻木。

太阳用饥饿苦待我们，而我们只能看着颗粒无收的耕地叹气。父亲有些颓唐，甚至雅雷仪式也多少失去了昔日的光彩。有一天，我们刚把曲叶矛榈果装进麻袋，母亲就病倒了。她不仅发烧，而且腹痛难忍，胃里空空如也。但我们缺钱，这种情况下，只能我和托尼娅婶婶的女儿们进城，贝洛尼西娅留下来照看多明加斯。

那天我独自进城，只顶了一个袋子。学校工地的十字路口

| 歪犁 |

有一小片阴凉地，我坐在那里等托尼娅婶婶的女儿。天刚蒙蒙亮，我就着柠檬草茶把一块李叶豆饼咽进胃里。贝洛尼西娅得留在母亲身边，多明加斯年纪最小又骨瘦如柴，顶着麻袋没法保持平衡。不过，我和托尼娅婶婶女儿们碰面的约定出了点差错，因为到点了，她们却没来。我靠着学校周围的铁丝网围栏睡着了，后来被某个叫唤比比安娜的声音惊醒。是塞维罗。他腰间别着一把入鞘的砍刀，出门收割棕榈果给他妈妈榨油。他们也经常去集市卖货，再购买能挨过下周的东西。

我说我在等托尼娅婶婶的女儿，因为我们打算一起进城。我妈妈病了，贝洛尼西娅在照顾她。塞维罗说要陪我一起去，集市从清早开到中午为止。我们需要钱，不能错过卖掉曲叶矛榈果的机会。他是我的表哥，是家里人，我们正共渡难关，父母应该不会介意。塞维罗深受大家喜爱。父亲喜欢看见他在雅雷仪式上敲击阿塔巴克鼓，为他对信仰的兴趣感到自豪。

我们继续前行。

那是一段很长的路，他谈起那段时间我们遭遇的事情。他说那所学校不足以让我们完成学业，但对生活在黑水河的我们而言,这已是莫大的幸运,因为我们什么都缺。我听他谈起干旱,不断死去的动物,越来越小的鱼,谈起近几个月死去的孩子。我听他谈到我们家,谈到雅雷,我们就是没有谈到贝洛尼西娅。我不想把我妹妹带入话题,不想回忆塞维罗的吻在我们之间引发的争吵。我的表哥已经是个男子汉了。他强壮健硕,从日出一直劳作到日落,身体也不再像刚来时那般稚嫩。他身材中等,笑容灿烂,无话不谈,就好像我们经常聊天,好像我们之间从未有过因为我嫉妒贝洛尼西娅而引发的禁令——我们的父母担心我们之间会发生什么,毕竟我们是在庄园里长大的表兄妹,恋爱自然是被禁止的。表兄妹结婚并不光彩,生下来的孩子可能天生残疾,不是缺胳膊少腿,就是患有某种疾病。例子不胜枚举,任何人谈起这个都有故事要说。还有其他原因。也许出于经济上的考虑,也不鼓励表兄妹结婚。我不明白到底是什么原因,但肯定有。那天,在我们往来集市路上共度的几个小时里,我没有想到它们之中的任何一个。我想要抛开塞维罗是亲戚的想法,只把他看作一个对这片土地了如指掌的年轻人。他对我的父母,也就是他的姑父和姑姑,对我们整个家庭都报以

歪犁

善意和尊重。他毫不拘束地谈及自己的梦想，他打算继续学习，不想永远受雇于黑水河庄园。他想在属于自己的土地上劳作，拥有自己的庄园。他想区别于那些庄园主。他们不了解自己拥有的东西，或许甚至不知道怎么锄地，更不知道如何根据月相种植作物，不知道旱田和水田会生出什么，而他知道的多得多。他就是由土地孕育的。看到他用这个比喻来强调自己的耕作能力，我忍俊不禁。我从未想过大地孕育了什么。大地"孕育"了植物和岩石，孕育了食物和蚯蚓。我听说，大地有时甚至会孕育钻石。他说，除了学习能够改变命运的新知识外，他还可以把对自然和农业的知识与他的工作本领结合起来。我觉得那一切都很有趣，但我从未停下来思考，为什么我们会在那里，我可以改变些什么，什么取决于我自己，什么取决于环境。他的话让我眼前一亮，我想听到更多。从未有人告诉我庄园之外的生活是可能的。我以为我在那里出生，也会像大多数人一样在那里老死。

在集市上，我们不费力就卖出了一袋曲叶矛榈果。我用这些钱去商店买了大米、豆子、糖、玉米面和咖啡，还买了父亲开给一个邻居孕妇的英国水[1]，这笔钱她会补上。下午两三点，我顶着炎炎烈日回到家，没吃午饭，但有塞维罗陪伴。我永远不会忘记那一天，而且，到家之前我就决定，如果他也愿意，我会一直和他见面。我开始找借口独自去收摘曲叶矛榈果，这样我就能够远离大家的目光，去沼泽地找他聊天。我想体验生活，看看我们之间会发生什么。

---

1 英国水（Água Inglesa），一种以奎宁为主要成分的药物制剂，用于治疗疟疾。

13

    每周一,我仍旧在路上碰见塞维罗,几乎总在同一地点。母亲身体好转,贝洛尼西娅恢复陪我去集市的惯例。父亲习惯同泽泽一起去,但大多数时候他更愿意继续在田里劳作,看看能否有什么收获。他在寻找一片潮湿清凉的土地,像他自己说的那样,"碰碰运气"。找到之后再翻土、播种。农田向河边迁移,甚至有段时间,河床的某些地段干涸之后也被用于耕种。不过即便是河床,也有一部分土地因为过于黏稠而无法种植。长出来的都送到了餐桌——几根秋葵或瘦小的南瓜。木薯无法适应，根部由于水分过多而腐烂。但如果旱季把它们种在旱地，甚至都长不出来。

塞维罗和我父母已经很熟了，便跟着我们一起进城。托尼娅婶婶的女儿们也去，塞维罗便成为保护我们的人。贝洛尼西娅似乎意识到那段时间他的注意力都转向了我，变得有些回避。有时候她不再陪我，尤其是曲叶矛榈果没装满两麻袋的时候。她自告奋勇帮父亲收集香蒲，喂养活下来的牲畜。她比我更会使用砍刀，我承认自己羡慕她的能干。她以一种令我惊羡的力量挥动农具，同时让我感觉自己不太擅长跟土地打交道。因为能干，她和父亲越发亲近，开始和弟弟一起陪父亲干活，并参与决策。尽管泽卡总是提醒她，她是一个女人，不愿给她某些特定任务，但这没有让她气馁。她仿佛一直在等待一个机会，证明自己的力量、知识和本领。

因为我们三人的相处重归正常，塞维罗也来参加雅雷仪式。尽管有种微妙的距离感，每当他来时，我还是能感觉到妹妹的欣喜。我们之间沉睡的纽带由于那场旱灾中遭受的苦难而更加紧密。我察觉到贝洛尼西娅为了吸引塞维罗的注意而做出一些

| 歪犁 |

小动作。尽管塞维罗对她表现出极大的赞赏，他更多的是和我在一起。也许我和妹妹之间微小的年龄差距，对两个年轻女孩而言，已经意味着一种间隙。也许只是因为我和塞维罗在去集市的路上发现的共同志趣：学习的意愿——菲尔米纳婶婶家对我们渴望的东西而言已经变得渺小；还有离开庄园的念想，也在我俩身上萌生。

曲叶矛榈果为我们家的餐桌带来食物，原本只有李叶豆饼的饮食变得丰富起来。随着农忙结束，果子开始变少，我们得花更多时间才能捡到，所以没有人过问我在树林和沼泽岸边做些什么。这段时间，我向圣安东尼奥河岸和舅舅的庄园靠近，和塞维罗越发亲近。我们一起笑一起闹，或者只是安静不语，直到我们的双手开始彼此碰触，或者是想阻止某个动作，或者只是为了开个玩笑。我感受到他的呼吸时而平静，时而剧烈，这取决于他表达的内容。我开始在寂静之中听见他的心跳。那片寂静源自悄然无声的树林——没有潺潺的水流声，没有树叶沙沙作响，一连几小时连鸟叫都没有，鸟儿已经没有食物了。他的手不再只是牵着我的手，还搂着我的肩。我也轻轻靠在他的胸前。当我们累了，就随便在河边找个地方躺下吹风。风似乎和我们作对，根本不吹，然而它一旦吹起来，便把干燥的沙土掀到我们身上。我用手为他清理脸上的尘土，他也为我清理。有一天，我让他的嘴唇碰到自己的嘴唇。这一天，我脑海里只能想起我看见他亲吻贝洛尼西娅时的感受。回到家后，我无法释怀，仿佛背叛了妹妹。不过背叛的感觉没有持续多久便被我推翻了，因为我感受到的一切极为宏大。曲叶矛榈果已经被摘完了，我回到河岸只是为了回去。我出门不再和家里打招呼，也不顾母亲想知道我去了哪里而发出抗议。我不能说实话，只说我和几个住得远的姑娘待在一起。

一切都以一种不可抗拒的力量发展，仿佛我的身体在自作主张，而塞维罗和我一样，如同置身于为我们编写的剧本中。我们在这片因为缺雨而被干旱深深扎根的土地，以涔涔的汗水给它慰藉。禽鸟绝迹、动物迁徙至水域的寂静，被我们的呻吟声打破。无数次听闻孩童夭折的消息，神秘而暴力的自然刺激我们孕育了一个生命。

14

当我开始日常感到头晕、犯呕，不免感到一种强烈的焦灼，十六岁的我已经见过庄园的许多女人挺着大肚子。最先引起我反胃的是李叶豆饼。我慢慢走到离家比较远的菜园，丢掉吃不下的饼。我无法直视父母，解释发生了什么事情。我更害怕贝洛尼西娅的反应。如果我怀孕了，必须离家和塞维罗生活。这至少意味着我和妹妹的纽带会断裂。这不仅是姐妹之间的纽带，有一种东西将我们永远联结在一起。过去十年，尽管各自保留着个性，我们仍然在巩固一种相当亲密的联结——只有我们理解彼此的动作和表达。此外，我怀疑贝洛尼西娅对塞维罗仍然抱有念想，虽然已经不如过去强烈。她和我一样，肯定没法接受这个消息。她可能会万分痛苦。

我仍旧和塞维罗见面。我们到远离所有人视线的土地上相拥而卧。当我们起身时，他会从我头发里取出原本堆积在地的干草。塞维罗察觉到我忧心忡忡。因为我走神分心，听不进他对我说的话，什么都一知半解。当我告诉他自己没来月经，有点怀疑，我看见他脸色一亮。那时的我正焦虑不已，担心被父母发现后不得不面对的一切，而他的表情却显露出截然相反的感受——他很欣喜。在那片枯枝败叶之中，塞维罗爬上一棵茂盛而显眼的菠萝蜜树，从枝头摘下一个果子给我俩一起吃。他用随身携带的砍刀剖出黏糊糊的菠萝蜜，露出笑容。果壳里渗出黏稠的汁液，让我更加恶心，但我喜欢看见他激动的样子，于是吃了两瓣果肉。我费了好大劲儿把它们送进喉咙——那菠萝蜜软软的，我试着吞下去时不断犯呕——直到屏住呼吸，才把它们留在胃里。

他再次谈到希望我们离开这里，继续学习，碰碰运气，他不想在黑水河工作一辈子。"这里没有更多农活了，"他说，"也许我们是时候继续前行了，你和我一起去吧。"这个想法让我更加眩晕，我已经没有办法思考。在我身上发生了太多事情，我现在要做的第一件就是驯服自己的身体。然后是告诉父母一切、面对贝洛尼西娅。妹妹最让我忧心，也最占据我的思绪。想到自己即将成为一位母亲，我没有塞维罗脸上同样的兴奋。至少在那以前，它没有给我带来任何特别的感受。

时间流逝，我的肚子开始显露出来。由于我变得更瘦，我想应该没人注意到。除非在河里洗澡，否则我自己都看不出来。我变得更加孤独。这一切更令我悲伤，而非欣喜，任何事情都能让我哭泣。看到时间流逝，塞维罗想和我父母谈谈。他说我们不能再推迟坦白的时间，拖得越久，对大家越不利。我的表哥年龄不大，但他自小就有一种令人钦佩的责任感。同时他胆大无畏，任何时候都没想过逃避责任。我感觉自己和他的生命联结越发紧密，没有一天不去见他。尽管我听见母亲抱怨，问我去了哪里、独自度过的这些时间在做什么。

贝洛尼西娅对我的行为没有表达任何看法，她似乎知道发生了什么。她或许还没有怀疑我怀孕了，但应该已经猜到我要去哪里。她也更加孤僻，很少和其他兄弟姐妹待在一起。

母亲把我们的忧郁归因于正在面临的干旱，她说这是时运不济。父亲给我们开了沐浴的处方，他从森林里拿来树叶给母亲准备，指望它们能消解折磨我们的愁苦。我感到羞愧，因为除了毫不解释自己的所作所为，我还计划夜深人静时偷偷离开黑水河。面对我倾诉的恐惧，塞维罗认为我们别无选择，而那时的我已经全然麻木。我们已经商讨了路线、最佳时间、最佳日期，要带什么以及之后要做什么。最开始，我反对离开庄园和所有人的想法，但我太爱塞维罗了，他点亮了我的视野，让我看到在农场外生活的可能性。我很难不为他的计划和热情心动。漫长的干旱使沮丧降临到所有人身上，而那一切对我们来说可能是生命的气息，二者有如云泥。如果一切顺利，我们会回乡给父母和兄弟姐妹提供更好的生活条件，我们会回来，把他们从那里拯救出来。那个庄园永远有主人，我们只是佃农，没有任何所有权。看到塞尔沃舅舅和他那些在稻田里驱赶紫辉牛鹂长大的孩子，我感到不公。看到我的父亲和母亲慢慢变老，从日出到日落不停地工作，老无所养，我感到不公。不过我

| 歪犁 |

无法像塞维罗那样，对这种可能性感到欣喜，因此有时更加低落和迷茫。

那段时间，雅雷宗教的节日继续举行，不过没那么隆重，但人们希望打动祖先灵魂，为大地带来雨水和肥力。那时出现了一位没人听说过的神秘祖先灵魂。她不在人们口口相传的灵魂之列，更别提在雅雷仪式上见过她现身了。米乌达婶婶是这位祖先灵魂的附体者。她是一位寡妇，独自居住在通往维拉桑墓地道路尽头的一片荒原，她经常来我们家参加庆典仪式。当她宣布自己是渔神圣里塔时，鼓手们安静了，在场者一阵骚动，可以看出观众们的质疑：这位祖先灵魂是否真的存在？既然雅雷宗教如同庄园和那片土地的拓荒者一般古老，为什么她直到现在才现身？

她衣衫破烂不堪，头上却还蒙着一条磨损的旧面纱。在那一刻，我们听见她用微弱的嗓音唱道："渔神圣里塔，我的鱼钩在哪里？我的鱼钩在哪里？我要去海边钓鱼。"歌声弱得几乎听不见。尽管米乌达婶婶年事已高，这位祖先灵魂还是熟练地在客厅旋转，时而如同在众人中间戏耍渔网，时而如同在汹涌的河流中奔跑。有的人似乎很困惑，想揭开显灵的神秘面纱。其他人觉得可笑，或许是难以置信，认为老米乌达已经疯了，需要我父亲来医治。

老妇人用细若游丝的声音吟唱着那首似乎就是为了这个场合而创作的歌曲，忽然紧紧抓住了我的胳膊。我没有试图挣脱，因为已经习惯雅雷仪式上祖先灵魂的存在。这是我父亲——祭司大帽子泽卡的家，我在疯子和祈祷、尖叫和药根糖浆、蜡烛和鼓声中长大。单是一位我不认识的祖先灵魂没法吓倒我，无论她是真的灵魂附身还是疯了。米乌达婶婶蒙在面纱后面的眼神浑浊发灰，甚至泛白。也许是白内障的缘故。她说了一些非常私密的话，我没法解释，但我很清楚说的可能是什么。

她提到一个孩子，但她的话断断续续，我记不真切，大致是"有个孩子要来了"之类的。她还说，我会骑着马闯荡世界，一切都会改变。这让我更加惊愕，因为我们家没有这种牲畜。"你所行之事必加添你的力量，但也注定你的失败"，她这句警示清晰地印刻在我的记忆里，使我熬过了未来那些年的人生中遭受的打击。

歪犁

她的声音非常微弱，弱到只有我能听见她说了什么。在我驻留在这片大地的每一刻，那句警示都如同岩石上的印记一样铭刻在我身上，穿透我的灵魂。

15

贝洛尼西娅撞见我正在叠衣服放进奶奶的皮箱。我看见她发现之后眼里满是诧异。我没法跟她说我在做什么，她也问不出口。她的目光探查着，干涩得如同将我们包围的气候。妹妹离开后我哭了，因为我确信自己加重了她的痛苦。这段时间我和我们的表哥相会，或许她已经猜到我怀孕，但撇开所有这些不谈，她是我的亲妹妹——我们之间没有秘密，或者至少要避免藏着掖着——那几周我沉浸在自己的世界里，忘了家人，尤其是忘了她。她好像离我越发遥远了。

｜ 歪犁 ｜

我不忍心回忆她的目光，离家远远地哭了。我无法再抱有离开黑水河的想法。我得告诉塞维罗，我想继续留在庄园。我们去和父母坦白，一切终究会解决的。我们会在塞尔沃舅舅和埃尔梅利纳舅妈的房屋附近建造我们的屋子，两个年轻人彼此结合就应该这样，先和庄园主管沟通，得到许可之后便可以在父母家的空地盖房。我们的房屋会像其他所有房屋一样，用沼泽地的黏土和林中的树杈建造，再覆盖上灯心草。这种苇草随着大旱已经占据了乌廷加河的河床。等我们安顿下来以后，可以再计划离开，去追求塞维罗的梦想，也是我的梦想。我也不想在那里度过余生，重复我父母的生活。如果他们出了什么事，我们无权拥有这间屋子，连他们耕种的土地也无权继承。我们将一无所有，只能带着为数不多的几件行李离开庄园。倘若我们不能工作，就会被请出黑水河——整整一代佃农子女们出生的土地。我对这种剥削制度已经再清楚不过，但我还太年轻，眼下并非离开的时机，更不存在合适的条件。

　　我从床底下拖出行李箱，取出我存放进去的所有东西。我不会再和塞维罗继续这段目的地未知的旅程，从一个庄园到另一个庄园，直到抵达城市。我打算当天就去见他，告诉他我会和父母坦白一切。如果他愿意，我们继续留下，在一起。如果他想离开庄园，那他就独自去追逐让他感到自由的人生。我会抚养这个孩子，我们不缺家人。我不会被父母抛弃。虽然他们对我们管教严厉，但这种严厉是有限度的。他们终究会帮助我，收容我，不会悲伤也不会怨恨，甚至贝洛尼西娅也会被侄儿的笑容融化，我便可以让她当他的教母，这样既表现出亲近，也意味着我们冰释前嫌，过去几个月来的分歧都不再计较。

附身于米乌达婶婶的祖先灵魂，也就是所谓渔神圣里塔的话也让我心有余悸。我不会被祖先灵魂影响，因为我对他们的存在再熟悉不过，而且也不让自己牵扯进信仰的义务与禁令之中。正如我期望的那样，这种距离保护我免受福祉或不幸的影响。但是她给我传递的消息也并非偶然，哪怕是偶然，她也只对我说了这些话，而这些只有我和塞维罗知道。我仍然在相信和不相信的边缘徘徊，在不眠之夜思考"力量"和"失败"这两个词的含义，以及这一切对这趟旅程、我的孩子、我和塞维罗的生活可能意味着什么。我越发焦虑，想知道为什么这位祖

歪犁

先灵魂抓的是我的胳膊，而不是站在我身旁的托尼娅婶婶，或是牵着小外甥和妹妹的克里斯皮纳的胳膊。难道米乌达婶婶在树林里看到了我和塞维罗在一起？她的房子离我们通常见面的地方不近，而且她这把年纪好像也不可能在树林里闲逛，趁两个年轻人亲热之时偷看他们。

我和塞维罗在老地方碰面。旱灾持续的时间超出了预期，菠萝蜜树洒下罕见的阴凉。我告诉塞维罗，原本我已经开始为我们的旅程整理一些衣服，但贝洛尼西娅撞见了我。我奋力打着手势说明这趟旅程有多么冒险，想让他明白我的年纪还太小。我的双手在头顶和胸前急切地飞舞，弄得塞维罗惊慌失措。我想要让他知道这次逃离意味着决裂——我双臂交叉，而后展开——也意味着对我父母、对他们所经历的一切，还有他们为我们做的一切不可原谅的背叛。这对塞尔沃舅舅和埃尔梅利纳舅妈来说同样是不对的。他们会痛苦万分——我把右手搁在脸上——我不知道没有母亲在我身边，该如何照顾孩子。尽管我是家里最大的，或多或少照看过其他弟弟妹妹。

塞维罗只是靠近我，把我抱在怀里。他说我担心是正常的，但他感觉自己已经是个男人，是时候离开庄园了。他不会马上告诉父母，因为会面临阻挠，但很快他就会找到工作和容身之所，到时候再传信回来告知去向。我想说他可以一个人去，我留下，等孩子出生。我继续和父母待在一起，在黑水河工作。等他安顿下来，我会带着泽卡和萨卢的祝福去找他。但我没有勇气。无论是与塞维罗还是与家人，离别的迫近都让我心痛欲绝。我们难过地道别了，命运仍然悬而未决。

隔天早上，苏特里奥来到我们家，说我父亲得把他在溪流中建造的小水坝完工，还要组织工人们除草、燃烧枯枝并用灰烬施肥，时时把土地清理干净，以便雨季到来时使用。他走进我们的厨房，问我们哪里摘的红薯。父亲回答，是我们在城里集市上买的。他想知道钱从哪儿来的。父亲又说，我们自己榨了棕榈油，卖掉了剩余的部分。苏特里奥用他的两只大手抱走了一大半红薯，装进停在我们家门口的老式福特里。他还抢走了两瓶棕榈油，那是我们留着炸河里捞上来的小鱼的。他提醒我父亲，他必须供出院子农产的三分之一。但这些红薯不是院子里种出来的。土地干得连草都长不出来，更别提红薯。大旱当前，连沼泽地都无法耕种了。有些干涸的河床能找到淤泥，但那里也没法种出任何东西，种子会腐烂，只能生长一些能用来编织草席、麻袋和盖屋顶的香蒲。我看见父亲在我们面前羞愧难当，却什么也做不了。大帽子泽卡是一位家喻户晓、受人尊敬的祭司，声名远扬黑水河之外。然而在那里，在庄园的边界之内、佩肖托家族和苏特里奥的统治之下，我父亲的忠心仍然占了上风。因为在他四处流浪寻找土地和工作的时候，是他们给了他这间容身之所。而佩肖托一家除了发号施令、给主管发工资和禁止我们盖砖房之外，几乎从未踏足过这里。我看到母亲有些按捺不住。她双眼充血、怒火中烧，但她注意到父亲无力对任何东西提出质疑和抗议，不仅克制住了自己，还尽力配合。她仍然和她的精神领袖并肩，在各家各户间维持秩序。从牲畜到别家农地吃菜，到居民用违禁材料建屋，苏特里奥或任何一位庄园子弟要想干预各种冲突，找的都是他。

他已经不堪凌辱，我们不能再伤害他，要求他拿回我们在集市上用劳动换来的红薯。那个夜晚有多漫长，我彻夜未眠。过去的几周里，失眠已经成为我的常态。我想起塞维罗的话，他说过我们这些家庭在庄园的情况。我想起我们顺从一生，受尽屈辱，食物被抢走只是其一；对这一切我负有一份责任，父母的生活需要我来改变；是的，我们可以自己买地，再回来找他们。只有这样我们才能过上有尊严的生活。

我想办法和塞维罗见面，尽管我们没有事先约定。当我们见到彼此，我只需看他一眼，他便知道我已决意离开。于是，我们计划好确切的日期、时间、我们要走多远以及在哪里搭车离开韦利亚高地。黎明时分，我收拾好多娜娜的旧行李箱，掸去灰尘，带着我仅有的一点东西，奔赴即将开始的新生活。我在他们入睡后起身，向上帝祈祷每个人在我离开的这段时间平安健康。我祈求祖先灵魂帮助我，让我不要被视为耻辱。等我在属于自己的土地上安顿好，我会带着钱回来寻找家人，大家也会明白这趟远走是出于好意。我向上帝祈祷，尤其为贝洛尼西娅祈祷。她与我共担了那次在某种程度上改变了我们人生的意外，一晃已经十年有余。当我在宁静夜色中从后院的门离家，踏上和塞维罗碰头的夜路时，忍不住回头看了几眼。我细数自己带走的东西和留在身后的一切。那一刻，我几乎要放弃了，要不就让塞维罗独自启程吧。但苏特里奥拿走我们仅有的一点食物的景象，随之而来的饥饿和无米之炊，又给我继续前行所必需的坚定。在我带走的所有东西里，或许最让我感到心痛的是我的舌头。在贝洛尼西娅耻于发出怪声而沉默不言的那些年里，是我的舌头替她表达。在害怕其他孩子的排斥和嘲笑而保持缄默时，也是这根舌头以某种方式拯救了她，无数次将她从沉默的囚笼中解放出来。

歪犁

1

我在沼泽地旁的纸莎草、水虱草和割鸡芒之间奔跑，干燥的皮肤裂开深深的伤痕。伤口没有流血、没有流脓，我身上只滴下浸透了衣服和裹胸布的汗水。一艘独木舟如浮萍般独自漂荡，直到被溪流吞没，消失在如同我皮肤般黝黑的水流漩涡之中。我在古老的卡廷加 [1] 荒地上奔跑，在高大的树木之间寻找回家的路，这时星果椰的刺钩住了我手臂的皮肤。不是白天，也不是黑夜，大地散发的热量炙烤着我的双脚。一个衣冠楚楚

1　卡廷加（caatinga）：巴西东北部内陆以半干旱植被为特征的生态区域，多生长耐旱的灌木丛、荆棘。

　　　　　| 歪犁 |

的白人骑着白马出现，微笑着封住我的去路。我尖叫着，试图往其他方向奔逃，但四面八方都被包围了。如白银般闪耀的铁丝网围住大地，那里只剩下星果椰、高仙人掌、棕榈树、靛榄和枯木。我没法回家，直到我看见一块发光的石头，如同一颗珍贵的宝石般闪烁。我把手放在它上面。从远处看它是一块石头，近看却是一根象牙，它在地面上一动不动，似乎承担着世界的重量。我试着用双手拾起它，直到象牙连同锃亮的金属显露出来，那是多娜娜丢失的刀，又回到了我的手上。在我们都想模仿哥哥姐姐的年纪，我从比比安娜的口中猛然抽出刀子重复她的动作，没意识到姐姐的嘴正在流血，没意识到发出强烈光芒的刀刃有多危险——这道光芒割掉了我的舌头。就像铁丝网将我困在那片土地之中，我也封闭自己，一言不发，为自己做的事感到羞耻。当我从干枯的地面捡起奶奶的匕首，我才意识到自己在流血，一条血河开始在大地上流淌。

多年来，我总会做同样的梦，在深夜醒来，一身冷汗。梦的讲述方式不同，但绕不开那个衣冠楚楚的男人、铁丝网、多娜娜的匕首和地上流淌的血。这些画面给我留下唯一良好的感受就是我喊了起来，滔滔不绝地说，这是我多年未曾做过的事。比比安娜离家那晚，这个梦原封不动地重演，或许正因如此，我才又做了同样的梦。我窒息地惊醒时，发现姐姐睡觉的地方没人。我起身去喝水，也没看见她在家里。如果她有什么事要去院子，本该给自己留门的。我打开门，原本躺着的弗斯科一瘸一拐地走过来，寻求我的爱抚。

我只需回房找找奶奶的旧行李箱和破衣服，便明白比比安娜已经离开了我们。那天她往破行李箱里收拾衣服时我突然出现，她的眼睛便无法掩饰自己的意图。她的确在计划一次秘密的远行。我本可以做出同样的举动，像她在雅雷仪式那晚在巴西李树下看见我和塞维罗之后做的那样，将母亲搅得心烦意乱，把她捏造我和表哥之间谎言而致使我挨的打如数奉还。但事情已经过去那么久，我不想看到她哭，也不想因为早已过去的事情而报复她。我的伤口已经结痂。我不想她对我怀恨在心，像我对自己的遭遇那样感到痛苦，我当时无法对自己亲吻塞维罗的指控进行辩护。十二岁那年，我们只是远离房屋的油灯，欣赏夜晚的萤火虫。

发现她不见之后，家里乱成一团，这种混乱只在多年前我割掉舌头时出现过，对此我并不意外。萨卢因为比比安娜就像随便哪个女人一样，在夜深人静时离家出走而无比崩溃。看到这番景象，我责备自己没有告诉母亲，没有带她去看多娜娜的行李箱和比比安娜的衣服，没有揭发我几天前看到的东西。经过斟酌，我想通过自己的行为给姐姐一个机会，让她思考那一切的意义。我想通过宽容她，表达我需要她在我身边，她也需要和我们在一起。她想离开黑水河，是因为她感到恶心犯呕、为炎热和缺雨而焦虑，也因为看到苏特里奥拿走我们的红薯而父亲毫无作为，她眼里充斥着愤怒，她的大肚子也带来麻烦，但她不至于到这个地步。我希望她做任何错误决定前能够三思。我们的父母可能一开始会不高兴，但他们绝不会拒绝收容这个孩子。既然覆水难收，他们也不会再让她离开塞维罗。她已经是个女人了，也许母亲会因为这个，不像打我那样打她。她已经不是小孩了，母亲不会像对我那样，试图把她像拧黄瓜那样拧过来。虽然我从她的眼神中看到了那些，但我当时并不相信她会这样做。

她离开以后出现了一段平静期。我看见父亲在圣人堂里全神贯注。或许他在和祖先灵魂沟通，以此获悉女儿的消息，在蜡烛、树叶、立香和祷告之间看到比比安娜和塞维罗的命运。父亲非常喜欢塞维罗，待他如子，因为塞维罗身上有一种在其他任何人身上都未曾见过的领袖气质。父亲试着安慰沉浸在悲伤和哭泣中的母亲，也同样安慰塞尔沃舅舅和埃尔梅利纳舅妈。他们因长子的离去而忧伤，这孩子甚至还带走了他未成年的表妹。我还看到他不许任何人在家里和邻里之间谈论这件事。不是出于反感，而是因为在他看来，谈论远离我们视线的人并非坦荡之举。我能感觉到，他希望我们仍旧对比比安娜报以善意，尽管她打破了支配我们家庭秩序的忠诚。虽然父亲是黑水河居民的领袖，但他拒绝充当仲裁者，相信任何人都能够从错误中自我救赎。

　　几周后，第一批积雨云到来，大地升起一股被农工们称作"时运"的清凉气息。据说我们可以挖一些干燥的黏土来感受潮湿将至、大地降温。这是旱季结束的一个标志。没过多久，第一批雨点从天而降。尽管我们家由于比比安娜的离开而深陷沮丧，母亲还是笑着把木桶摆出来接水。我看见庄园的女人们沿着小路引吭高歌。她们要么拿着衣服去水量增大的河流中清洗，要么扛着锄头，在即将种植庄稼的农田里除草烧灰。男人们只能在清理完庄园主的田地之后，再加入妇女的行列。

随着雨每天越下越大、越下越久，天空、动物和生活在黑水河的人们都焕发出神奇的色彩。最年长的继承人弗朗西斯科·佩肖托又开始频频露面。苏特里奥在他面前些许收敛，凛凛威风只能等主人不在时发作。弗朗西斯科先生有时和我们打招呼，有时假装没看见我们。农场里没有供人休息的主屋，只有存放商品的杂货铺。我们不能去城里，只能以远高于集市的价格在这里购买所需。我听佃农们说，我们庄园向来没有主屋。因为佩肖托家族在这里还有其他庄园，比黑水河更大、产量也更高，他们住在其中一个庄园里。

这段时间，市长赶在圣若泽节之前为学校举行了落成典礼。校园建筑在夏天完工，铺着佃农房屋绝不可能拥有的瓦片。这栋楼以佩肖托的父亲安东尼奥·佩肖托的名字命名。据说他是庄园所有者，但从未踏足过这里。所有居民都参加了落成典礼：

妇女们戴着头巾；男人们头戴帽子，手拿锄头；这处有着三间教室的平房是个稀奇玩意儿，孩子们面对它欢笑着，里面没有所谓的卫生间，毕竟那时我们谁家都没有。佩肖托家族的长女也在场，我从未在这里见过她。她是一位肤色极白的胖女人，从头到尾没正眼瞧过我们。市长讲话时，她频频用手帕擦拭眼角。当刻着她已逝父亲名字牌匾的纸被揭开时，她抽泣不止，几乎要晕倒。她的兄弟们支撑着以免她倒地。没有一句话是感谢我父亲的，是他在庆祝圣芭芭拉节的雅雷之夜，几乎命令式地请求市长履行他过去对圣人做出的建造学校的承诺。但父亲作为最早到来的一批观众站在我母亲身边，握着多明加斯的手，神色盎然。他并不在意。我可以从他脸上瞥见他曾与祖先灵魂圣芭芭拉的力量作战，这样我们就不会成为文盲，能拥有和他不同的命运。我的父亲甚至不知道如何写下自己的名字，却尽己所能为庄园带来一间学校，让我们识字习数。我多次看到他试图劝说一些不想让孩子上学的邻居；有的邻居终于同意儿子上学，却说女儿不必学习任何知识。哪怕他和乡亲们意见相左，他也能设法让他的请求被接受，因为他拥有领袖的威望，深受

| 歪犁 |

乡亲们敬重。

又过了段时间，他们派来了一位新老师，替代在菲尔米纳婶婶家拥挤的教室里每周教三次课的老师。每天早晨去学校的路上，我看见冠顶郁郁葱葱的巴西李树、开花的高仙人掌、圣若泽节过后仍旧淅淅沥沥的小雨。我想起比比安娜和塞维罗。我问自己，他们要去的地方是否也下了雨，他们有没有在某个遥远的庄园或城镇找到住所，是否已经沿路走到了省城。

2

　　在学校里，没有比比安娜在身边帮我，生活成了一种煎熬。母亲一开始就提醒过新老师洛德斯夫人我是哑巴。她刚开始教课时谨慎留心，而且非常大方地教我各种事情。那时我已经识字，这要归功于姐姐和妈妈的付出，而不是在菲尔米纳婶婶家教课的浮躁老师。这对我来说已经足够。我和比比安娜不同，她把想当老师挂在嘴边，而我喜欢的却是农田、厨房、榨橄榄油、剥曲叶矛榈果。数学没法吸引我，更别提洛德斯夫人教的语文。我对她讲述巴西历史的课程也不感兴趣。她谈及印第安人、黑人和白人的混融，谈及我们是多么幸福，我们的国家有多么繁荣昌盛。我没学一句国歌，学了没用，我没法唱。许多孩子也不学习，我知道他们满脑子想的都是好吃的和河边错失的玩乐。他们得听着拔牙者[1]英雄无聊的传奇故事，还有军队、葡萄牙人的遗产和其他言之无物的事件。

我的厌倦只增不减。听那位玉手纤纤、没有老茧的女士讲课，我感觉自己是在那间闷热的教室里浪费时间。她的香水味浓得不行，仿佛大热天在学校里焚了香。我望向绿色的黑板。这些字母凌乱、漂亮，组成的艰难字句却无法进入我的大脑。我的思绪飘向在水田寻找新东西的父亲，或者在照看院子和牲畜、缝纫衣物的母亲。然而昏昏欲睡的时间似乎难以流逝，我只有捱过去才能踏上回家的路。我忍不住在那间教室寻找比比安娜。也许她会对这门课很感兴趣，与老师交好，试着让我也对这些事情产生兴趣。我提不起精神，因为我还注意到一些年龄比我小得多却更愿意学习的孩子。他们的朗读有很多错误，

---

1 拔牙者（Tiradentes）：巴西独立运动先驱若阿金·若泽·达席尔瓦·沙维尔（Joaquim José da Silva Xavier），因其牙医副业得名"拔牙者"。沙维尔于一七九二年米纳斯密谋案中被葡萄牙殖民当局抓获，最终被判处死刑，英勇就义。

每读两个词便被洛德斯夫人打断纠正读音，但他们的声音无比嘹亮。而我知道怎么读，也会写，得益于之前学过的东西，还能识别一些发音错误。多明加斯和泽泽在另一个班次上学，不同年级有所区别。如果他们在的话，或许能给我些许鼓励。那时我问自己，离家的姐姐现在手里是拿着书还是锄头，她是否还是想当老师。比较了两人的抱负后我发现，或许正因为我们理解上的偏差，两人的关系达到了某种平衡。

有一天我假装头疼，另一天假装肚子疼，渐渐地，我坚持自己的意愿，回到农田和家里劳作。我把本子和笔搁在房间的一个角落。虽然知道父亲因为我对学校不感兴趣而生闷气，我还是坚持己见。如果说我是因为头痛而不去上学，那么上课时间一到，我的头立马就不痛了，于是我和母亲一起去厨房准备午饭，或者拎起水桶去河边挑水浇灌小院。母亲愁眉不展，后来也不再抗拒。毕竟我已经掌握了基本的阅读和书写，集市清单列得比她还好，还能做简单的算术。她的心变得平静。而且，她不得不认同我的观点——我的未来没法更好了。我终究不能在黑水河教书，更别说附近的村镇或城里。从未听说过这一片

| 歪犁 |

有哑巴当老师。在内心深处，她也觉得如果我不能说话，就没法教书，还是让我继续穿梭于农田、小院、厨房，穿梭于沼泽、小路和集市更好。当他们不在身边时，我可以独自应对生活。

　　能够待在父亲身边，总比和洛德斯夫人待一起好。她的香水让人反胃，她讲述的都是这片土地的谎言。既然她的句子和文章里只有士兵、老师、医生和法官的故事，那么她就不会知道我们为什么在那里，我们的父母来自哪里，也不会知道我们在做什么。我不必再听见别的孩子无尽地重复我是个哑巴时发出的窃笑。有些人要求我张开嘴，让他们看看我里面没有的东西。

　　和大帽子泽卡一起，我可以在森林小径来回穿梭。我学习草药和根茎；学习云什么时候会下雨，什么时候不会；学习天空和大地历经的秘密变化。我学到万物皆在运动——和老师课堂上没有生命的东西截然不同。父亲看着我说："风不会吹，它本身就在流动。"这样一切都说得通了，"如果空气不动，就没有风；如果我们不动，就没有命"，他试着教导我。我留心动物、昆虫、植物的一举一动，用身体感受大自然的启发，视野顿时开阔了。我的父亲不识字也不识数，但他识得月相。他知道满月时得种下几乎所有庄稼；新月时种植木薯、香蕉和水果；下弦月时什么都别种，只需除草烧灰。

他知道，要想植株苗壮成长，必须每天清理杂草。需要清理掉茎干周围所有的植物，堆成小土丘；还需要按时定量地浇水，才能让它苗壮成长。每当父亲在田里发现一个问题，他都会侧躺下来，用耳朵贴紧大地，决定需要用什么、做什么、什么要推进、什么要中止。

就像一个医生在寻找心脏。

3

　　学校开学几个月后，庄园又来了一小批佃农。其中有一个
瘦弱的女人，名叫玛丽亚·卡博克拉，留着一头黑色的直发，
同丈夫和六个孩子一起。这家人被安置在塞尔沃舅舅所住区域
的一个棚屋里。还来了一个又高又瘦的男人，或许年龄足以做
我父亲，成了庄园的牧牛人。他行为谨慎、寡言少语，介绍自
己叫托比亚斯，开始来我们家参加雅雷庆典。他和大帽子泽卡
交了朋友，非常喜欢听故事。不久，他们便在农田和杂货铺碰
面，听从庄园主管的差遣。有时候，我会在庄园或通往洪泛平

原的小路看见他。我听见他向我问候道"早上好，小姐"，并点头致意。我继续走我的路，但感觉他的目光如炭火般灼烧我的后背。

随着时间流逝，托比亚斯应该已经知道我的缺陷，不再问问题来打搅我。他会从帽子上取下一支蜡菊，别在我的头发上。我感到害羞、无所适从，因为我不习惯对陌生人的礼节做出回应。后来我想用微笑回应，但每当要与人交往时我都感到心慌意乱，所以只好移开目光，继续走我的路。在雅雷仪式的夜晚，牧牛人和其他居民谈天说地，有时女人们也会加入，比如托尼娅婶婶的女儿。而他仍旧笑盈盈地献殷勤，尤其是好几杯甘蔗烧酒下肚以后。刚开始我没什么感觉，甚至喜欢他和其他人热火朝天地闲聊，他的目光让我安静地待在多明加斯和我母亲身边。后来我开始感到不安、怀疑，或许是希望他把注意力转移到我身上。

托比亚斯获得了苏特里奥的信任，开始沿路放牛。因为雨已经停了，而牧草仍旧枯萎。许多佃农把原本用于耕地的时间花在砍伐沼泽地的香蒲上，用来喂养牲畜。但即便如此，托比亚斯和其他牧牛人有时也会把牛放到更远的地方，比如乌廷加河畔、通往公路的土路。

他也开始代替主管去城中处理事务，比如运回抵达的货物，或者放在杂货铺高价出售的物资。我们远离苏特里奥交谈时，把杂货铺称作"强盗窝"。"我今天没法进城，必须得去'强盗窝'买了。"我们总是窃窃私语，最后这成了商店的代名词。托比亚斯沿路骑马进城，将货物装进大袋子里，再用马车运回。有一次他沿着小路兴冲冲地回来，好像有什么好消息。每当我看见有人狂喜便会浮想联翩，立马联想到他撞大运发现了一颗钻石，准备收拾行李跑路了。他边下马边喊我刚从田里回来的父亲，交给他一封信。父亲不识字，便把信递给母亲。母亲问这是什么，托比亚斯只是重复说，有人在城里给他这封信，说这是给他的干亲泽卡的。萨卢老了，夜幕降临，她在油灯下已经看不清楚。她应该也需要洛德斯夫人一样的眼镜。她把信递给多明加斯。多明加斯的眸子亮晶晶的，映射着微弱的灯光，她开始读信。"妈妈，是比比安娜！"

父亲坐在椅子上，无法直视任何人。母亲叹息着呼唤上帝，祈祷是好消息。多明加斯撕开信封，里面还有另一封塞维罗给父亲的信，也就是我们的舅舅塞尔沃。托比亚斯向我靠近。他的皮外套散发着一股仍然处于鞣制中的味道，眼睛围着多明加斯转，不过很快又转移至我的方向。我的妹妹开始读信，时不时把信纸靠近油灯。这封信看起来像是用一支快没墨的笔写的。他们一切都好，在伊塔贝拉巴的一家庄园工作。比比安娜临近生产。她希望我们的母亲为她接生，也想尽量回来生。如果不行，他们会在年底回来。塞维罗在砍收甘蔗，和工会的人交了朋友。他们已经得知雨水降临、旱期结束的消息，因为他们那儿也下雨了。他们会努力攒钱买一块地，成为自己土地的主人。他们很好，什么都不缺。明年年初，她会参加给乡村佃农的补充教育课程[1]，很快就能考取教资，成为老师。她问候我、多明加斯和泽泽。她说她想念我们所有人，很快便会再来信。

"这些孩子脑袋里在想些什么？"父亲问道，不指望得到

1　补充教育课程（supletivo），也称青年和成人教育（EJA, Educação para Jovens e Adultos），巴西教育系统的模式之一，为由于各种原因没有适龄完成小学和中学教育的人提供补充课程。

回答。

　　萨卢抹去眼泪，拿着油灯走进厨房，叫多明加斯再读一遍。知道他们过得很好，正安居一隅，自食其力，我感到欣慰。我也同样感到悲伤，因为母亲对这封信如此重视，也因为比比安娜离去时造成的恐慌——哪怕这事儿已经有一阵子了。我为比比安娜单薄的语言、离家出走却没有得到惩罚以及把我搁置一旁的语气而感到苦涩。因为我不过是一个挨着多明加斯和泽泽，在同一行出现的名字。我在学校情况如何、谁陪着我、谁来传达我需要的东西、她不在时我如何做事，她一概没问。

　　托比亚斯的外套混合着汗水和鞣制中的皮革味道，仿佛它还不能穿。我几乎可以看到苍蝇在他身上寻找兽肉的残骸。他和我父亲交谈了几句，请求暂时离开，然后向我致意道别，骑马离去。望着他沿路前行，我忽然有一种感觉，想让他转身回来找我，请求我父亲让他带我回他牧场。我希望他照顾我，我也照顾他。我想体验比比安娜此刻用优美的字迹在信中展示的生活。它让萨卢流下眼泪，让父亲只是表面反对，心里却像蜜一样甜。他的表情虽然严肃，但遮不住喜悦，这种神态道出了他不知如何言说的话：知道他们一切都好，还想着家里人，他很高兴。那一刻，我希望托比亚斯回来，也许明天也许以后，但也让我成为他的妻子，别再拖延。

4

　　我看到越多的孩子出生，越感觉自己的身体仿佛在震颤运转，要求生育，就像潮湿的土地要求播种一样。如果不播种，大自然便会孕育自身，长出次生林、野百香果和各种用于治疗身体和灵魂恶疾的树叶。

　　旱灾结束后，泥潭变成了洼地，里面的朽木上长满了蘑菇。新生儿也如同蘑菇一样源源不断地冒了出来。我几乎每周都陪萨卢帮助女人们分娩。克里斯皮纳和克里斯皮尼亚纳同一时间再次怀孕，没人再问克里斯皮尼亚纳孩子的父亲是谁。传到我们这儿的消息称她们之间有争执。克里斯皮纳的第二个孩子活了下来，这对我母亲来说是一个极大的安慰。她担心又会生下一个死胎，而她作为接生婆名节难保。她凭借老纳戈的力量挨家挨户地接生，始终相信"皇天不负有心人"，并为此庆幸。我从未见过母亲抱怨产妇太多、活儿不轻松，她也不抱怨自己要帮新生儿排出胎粪，避免产后发生任何意外，要把分娩的残余物埋进院子，还要在剪断脐带时小心护理。热汤匙灼烧新生儿肚脐的声音和充满房间的动物油脂熔化味都刻在了我的记忆里。这气味弥散的那年忙忙碌碌，却也是极大的福祉。因为它与干旱的年份不同，旱年我们只能在维拉桑墓地埋葬死胎。

日子像风一样流逝。比比安娜和塞维罗没有按照承诺在年底回来，甚至没有捎来一张纸条告知孩子是否已经出生，是男孩还是女孩，叫塞维罗还是若泽，或者叫萨卢斯蒂亚娜还是埃尔梅利纳。又或者叫玛丽亚还是弗洛拉，就像我们儿时给玉米棒娃娃取的名字。母亲看起来神态忧虑，对任何推销员或贩卖毯子、锅具的小贩到来的消息都很敏感。他们可能带来一张新的纸条，上面有比比安娜的消息。在我已经忘记是哪天的某一

歪犁

天，我梦见姐姐生了孩子，而接生的人是我父亲。他老了许多，被岁月压弯了腰。在梦里，我唱起了河岸洗衣女工的歌。那个孩子本该哭着出生，却笑着来到这个世界，这是我从未见过的。

十二月圣芭芭拉节那天，雷声轰鸣，暴雨骤降。托尼娅婶婶把她前一年熨烫保存好的衣物拿来用于雅雷仪式，而父亲年纪越大，似乎越羞于穿戴裙子和王冠。甚至父亲在被圣芭芭拉附身的时候，也没能预知，雨水会让我们在田里一整年的辛勤劳作化为乌有。我们刚走出旱灾，又面临洪水的摧残。风雨交加之下，一些摇摇欲坠的房屋几乎要倒塌了。

父亲在田间一次次除草的间隙对我说："如果不发大水，咱们就有饭吃了。"结果真发了大水，卷走了一切。农田变成了泥塘和湖泊。我们没能收获在瓢泼大雨中腐烂的木薯和土豆，反而在原本是旱田的地方捕获了鲃鱼、项鳍鲇、甲鲇和鼬鲇。很多家庭都储存了过去几个月做的木薯粉。黑水河的居民瞒过主管，在日出前到城里卖鱼，他们躲进树林以免被发现，然后购买物资。人们夜以继日地捕鱼，新月之夜除外。因为那时鱼的牙齿会变软，咬不住鱼钩。为了迷惑苏特里奥，佃农们把鱼竿和鱼钩藏进湖边的树林，或者绑在枝杈上。那个夏天，我常和多明加斯还有母亲一起，在泥水中捉鱼。在最初的几个月里，泽泽和父亲利用绵延不断的雨水，在远离洼地的高处继续耕种。许多家庭也和我们家一样，漫长旱季一结束就在自家小院里耕作。即便看到数月的劳作淹没在水中，我们依然感恩雨水，没有抱怨。看到庄稼泡在水里是心痛的，但我们有力气、有水，还能再次播种。

那一年，我仍旧会看见托比亚斯。我知道他在关注我，时不时在我身边献殷勤，但这种情况越发少见。他似乎把兴趣分散到庄园的其他姑娘身上。我很反感，在田间小路和雅雷仪式的夜晚对他不理不睬。有段时间，我甚至觉得他故意那样拈花惹草，只是为了吸引我的注意。而我确实想偷偷看一下他在那些醉酒的夜晚会去哪里。但我克制住欲望，我想起自己无法说话的诅咒，生硬而缺乏涵养的羞怯，这让我变得孤僻，也让别人见而远之。

我很多次转移视线，避开他的目光。然而当我发现他在其他姑娘身上分心，或者看到他努力工作的样子，又会远远地望着他，感觉自己对他的爱意渐长。我的身体像小马驹一样失控，我流汗、散发气味、不住地颤抖，心都快提到了嗓子眼。我想起塞维罗儿时来到黑水河的情景，但那时我的欲望就像脆弱的羽翼在身体里游移，远非如此蓬勃迸发。现在我是一颗成熟的果实，等待鸟儿来啄食，比如不久前才从稻田赶走的紫辉牛鹂。

一天早上，父亲走到我所在的桌旁，萨卢滤好的新鲜咖啡在桌面散发着清香。他说托比亚斯毕恭毕敬地来找他，因为他想带我去和他一起生活。他说这个男人抱怨自己在圣安东尼奥河畔的棚屋里很寂寞，他对我非常尊重和关心。有那么一刻，我想象着父亲提醒那个男人我的缺陷，说他的女儿有残疾，她天性坚韧，像美洲豹一样粗野，但有一颗善良的心。我想象我的父亲让他承诺照顾我，不让我吃苦。我想象着那段我不知道是否存在的对话，因为对于我的情况，父亲当时只字未提。他说我不需要马上回答，可以再想想，只有当我自己觉得准备好了，他才会接受。因为他不想把女儿的手托付给任何人。他这样做只是因为他在那一年中了解了托比亚斯，觉得他工作勤奋，值得尊敬。

不知道为什么，那一刻多娜娜的形象出现在我的脑海里。我想起奶奶的勇敢、大帽子和象牙柄刀，想起别人对我讲述的她的故事。我想起她的三次婚姻，还有不知所踪的卡梅莉塔姑姑神秘的人生。在这种情况下，如果她是被追求者，会给出什么回答？无论奶奶会接受还是拒绝，我总归只能自己把改变我人生轨迹的回答写在床垫下的牛皮纸上。

| 歪犁 |

5

　　我带着一小袋衣服，在托比亚斯的陪伴下骑马离开了父母家。这让我想起多娜娜的旧行李箱，比比安娜临走前从床底下拿走了它。如果她没有拿走，带走它的可能是我。我感觉胸口一紧。马蹄哒哒，如同回声般撞击我的下臀。我们慢慢前行，托比亚斯沉默不语。我希望他说点什么来缓解我的焦虑。我一只手扶着他的腰，另一只手拿着行囊。

　　"这是你的家，夫人。"我环顾四周。离房子约二十米有一棵李叶豆树，从树冠撒下一片巨大的浓荫。那片明亮的绿色吸引了我的注意。他下马后把马牵到食槽，里面有新鲜的绿色龙爪茅，应该是那天早上去接我前摘的。我感觉自己僵住了，当即想返回父母家。"请进。"我对那间三室棚屋的混乱感到震惊。衣服又脏又臭，乱七八糟的垃圾分散在各个角落，更别提房子的整体状况了。墙壁坑坑洼洼，屋顶也漏光，明显需要修补或者盖一层新屋顶。不出几天，我就会为自己在牛皮纸上写下"我愿意"交给母亲而深深懊悔，因为我明白，此后的生活会无比艰难。

他打开旧衣柜的门，门咣当一下倒在他手里。他便把它丢进那堆叫不出名字、散落在房子里的杂物中。他说我可以把我的东西放进衣柜的那个空格子里。那一刻，我无比惊恐，但尽力不流露出悲伤。尽管我心生恐惧与怀疑，但我不想让他不高兴。这种排斥很正常，毕竟我从未离开过家。在托比亚斯的棚屋里，一切都是新鲜的。它很快会成为一个能给我带来快乐的地方。没有什么是女人收拾不了的，无论是在家里还是菲尔米纳婶婶家老师的课堂上，我都是这么被教导的。

托比亚斯看起来很高兴。他拿过我手中的行李扔在床上，

| 歪犁 |

拉着我胳膊在房间激动地穿行，给我看堆成山的废旧物品和没法再用的坏东西。他兴高采烈地把我领到后门，那里有一个小架子、一堆碎木柴和一个几乎要散架的土灶。我难掩失落，但还是强打精神看他给我展示的各个角落。我印象中还有一棵芭乐树，它成熟的果实散落在地，被鸟儿啄食。他走近后说，鸟儿不会任由成熟的果实继续长在树上。因为他没继续说下去，这个话题也就不了了之。除此之外，那儿有一小片棕榈林，树干上还捆着一头小猪。

他把我带回老灶台，给我看他那两口因柴灰而发黑的锅。他什么都要重复，仿佛在教一个对那些事情一无所知的城里孩子。在厨房里，蛀蚀的案板上放着油渍斑斑的袋子，豆子和米粒如撒种般散落在破袋之间，此外还有剩饭剩菜和一大团苍蝇。他说我可以自己做午饭，缺什么就到地里找。我庆幸自己是个哑巴，因为我不知道面对那个猪圈能说些什么。

托比亚斯介绍完后回到屋外，戴上皮帽，解开马绳，说他要回田里去了，饭点再回来，然后骑马远去。我感到孤独。我不知道最近的邻居有多远，也不知道如果遇到什么危险——比如屋里有一条虎纹鼠蛇或响尾蛇——该怎么办。我重重地坐在草垫破损的椅子上。有那么一段时间，苍蝇的嗡嗡声是我耳边唯一的声响。

我想，一个人待着也没那么糟糕。毕竟如果托比亚斯早上就把我带上床，我真不知道该怎么办。我把恐惧推迟到夜晚，一小时的难处一小时当吧[1]。那个畜棚即将成为我的家，我得把它收拾一下——如果我能忍受的话。我去了厨房，打算从那里开始。我在桌面寻找豆粒，着手给它们分类。我发现那一大团苍蝇覆盖着两条鲃鱼，应该是当天早上日出前钓回来的。我赶在苍蝇吞噬它们之前把鱼盖住，把豆子从小石子和残余的豆荚中择出来，再把它们放在一旁。不过没有水，也没有储存容器，所以首先要做的是找到河的位置。我拿出一个生锈的铁桶，拎着它来到后院，然后穿过树林，顺着斜坡往下，想抵达圣安东尼奥河谷。那段时间水流充沛，我很快就能找到它。我在记忆里搜寻居民房屋的样式，几乎所有房屋都沿

---

1 此处化用圣经典故，参见《马太福音》6:34："所以，不要为明天忧虑，因为明天自有明天的忧虑；一天的难处一天当就够了（cada dia, sua agonia）。"

河而建，这样就能方便快捷地取水。我来到黑色河流的岸边。水流畅通无阻，携着鱼儿和枯枝败叶奔向另一条河。我把铁桶放在河流边沿，装满时提回家有些困难。不过我已经习惯了。我告诉自己，很快我的双脚就会认识这片土地，都不需要用眼睛看路。

我把铁桶放在架子腿旁，再把豆子放进我从废品堆里翻出的容器里浸泡。没用的东西放一边，还能用的东西放另一边。我把鱼放在架子上，用搁在那里的刀取出内脏，加盐调味——盐就在桌上托比亚斯触手可及的地方，然后把它放进绿色调料[1]和新鲜柠檬中腌制。与此同时，我把碎木柴放在几乎无用的老灶台里。怎么生火？我在灶台、桌子、废品堆里寻找，哪儿都找不到火柴或煤油。分类好坏物品时我就决心收拾好这一切，便没有浪费时间。我一边清理角落的蛛网，一边思考要不要去附近的邻居家要一点火炭或煤油来生火。可能会是认识的人。佃农们在那里住了那么久，就像大家庭一样生活，即使有纠纷和争吵，也像至亲一般毫无恶意。

1　绿色调料（tempero verde），用香芹、大蒜和洋葱等制成的腌料，呈绿色糊状。

我决定出门，试着找找火源。太阳已经高悬于空，一股暖风吹向我浸透了汗水的身体。我带着一小块木柴，这样我就能告诉沿途遇到的人我需要火。

| 歪犁 |

6

　　托比亚斯回来时，太阳已经变得柔和，开始落下地平线。我饿得浑身无力，用鸟儿啄过、掉在地上的芒果欺骗自己的胃。我找到玛丽亚·卡博克拉的房子，从那里带回了火苗。她见到我时并不惊讶，我们在雅雷仪式上就认识了。玛丽亚说她不需要木柴。后来她发现我没有回应，而是停在她面前，似乎在等待着什么，便问是不是我需要木柴。最后她明白我想要的是火，便从灶台里取出一根燃烧的柴火给我。

　　托比亚斯一进屋便喜笑颜开。我一度担心他会抱怨我试图收拾那一团乱麻，动了他的东西。尽管我独处的那几个小时没有全部收拾好，但区别还是很明显的。他环顾角落，床铺好了，玉米秆床垫上的裂口也被我用娘家带来的针线缝好，桌子干干净净，苍蝇飞得远远的，灶台上还有热气腾腾的食物。他没有感谢。他是个男人，为什么要谢我，这是我脑海中闪过的想法，但我能从他眼里看出，带一个女人回棚屋的做法让他十分满意。我为他做了一顿丰盛的晚餐，然后站在他身边，等他吃完。我想在他脸上看到品尝我做的食物时的喜悦。他狼吞虎咽，用手大把抓起木薯粉放入盘中，最后吃得精光。我把鱼骨倒在林子里，没等他说还想吃，又添上豆子和鱼。他和吃第一盘时一样大口抓食，很快又吃光了。我收拾完屋子后，让他用我从河里打回来的满满一桶水洗澡。等到我自己去圣安东尼奥河里洗澡时，已经精疲力竭。

夜幕降临，我从垃圾堆里找到煤油，点燃油灯，然后靠近光线，从上午清洗的两床开裂的旧被单中拿出一床，坐下缝补。我感觉自己的心情跌到了谷底，努力把注意力集中于针头。托比亚斯走到我跟前，喝之前留在桌上的甘蔗烧酒。他开始讲这一天的事情，讲到被宰杀的牛、苏特里奥和庄园的工作。我停下几分钟，稍微看了看他的脸，这样他就不会觉得我在那时候缝床单是无视他，也不会让他怀疑我害怕我俩接下来要干的事——就在这张我用扫帚柄掸去灰尘、也是我缝好的床上。然而只要我和他目光相遇，就会立即转向那根捅破织线的针，从一边穿到另一边。我的心狂跳不止。我对自己说："一小时的难处一小时当吧。"

他让我躺在床上，然后亲吻我的脖子，掀开我的衣服，我并没有感受到什么异样来解释我的恐惧。这就和做饭扫地一样，换句话说，是另一项工作。只是这个我还没做过，不了解。但现在我知道，作为一个和男人共同生活的女人，我必须要做。他在我的体内来回进出时，我想起了院子里的牲畜。我感觉腹部不适，如同那天早上马儿小跑时我感到的不适一样。我把头转向窗户那一侧，试着透过缝隙看见早前天空中的月光。我感觉有什么东西从他体内脱离，进入我的体内。他起身，用剩余的水给自己清洗。我放下衣摆，望向茅草屋顶探寻一缕光亮。我找到几颗散落的星星。它们就像老朋友，告诉我，我在那个房间里并不孤单。

第二天，托比亚斯刚出门干活儿，我母亲就带着多明加斯出现了。她们带来了一袋食物：一点肉干、蜂蜜、鸡蛋和剥了荚的豌豆。她想看看我怎么样了，便早早出门，趁太阳还没升上头顶走过来。看到她们两个，我舒了一口气。萨卢眼里流露出担心。倘若不是因为害羞，她会问我昨夜我是否直接成为了女人，他对我是否尊重。她们对我清理出来的垃圾数量感到惊讶。我激动地在空中比划手语，多明加斯尝试跟上我的意思，笑着听我讲新晋家庭主妇要干的种种工作。那天上午我们度过了快乐的时光，但当我看见她们踏上回家的路远去，不禁感到胸口发闷。

托比亚斯每天傍晚回来的第一件事就是把桌上那瓶甘蔗烧酒一口气喝光，然后洗澡，或者直接到桌前坐下吃饭。我得停下手头的事去服侍他。起初，他似乎喜欢吃我做的饭，吃完一碗后总会再添一碗。后来他开始抱怨盐太多或太少；抱怨鱼还是生的，给我看一些我看不出没煮熟的鱼块，或者一些掺着鱼骨的肉渣，说鱼煮得太老了。每每这些时刻我都很难过，心跳

歪犁

加速，自我贬抑，感觉自己怎会如此蠢笨，做饭时马虎大意。但他的抱怨仅限于此，没有改变语气，也没有提高嗓门。他说话时仿佛在看着庄稼，然后发现了什么破坏生长的东西一样。

随着时间流逝，托比亚斯好像对我做的家务也不满意。他抱怨找不到一些东西，说我不能什么都动，有些东西看起来放错了位置，但其实放对了，因为他想这样放。我点头同意，但并不直视他的眼睛。每当这时，抛下一切回自己家的想法便会涌上心头，但邻居们的嘴怎会消停？我们依然会到父亲家参加雅雷之夜，所有人现在都知道我已经不是"大帽子泽卡的贝洛尼西娅"，我现在和托比亚斯一起生活，因此，我是"托比亚斯的贝洛尼西娅"。我让那份苦楚死在心里，尤其是他睡前掀开我衣服进入我身体的时候。他呼呼大睡，鼾声如雷，不再抱怨躺下的妻子。于是我内心安静下来，仿佛一切都好。

日出前我一看到他在床上动，就会立马起床。然而只要一睁眼，抱怨便接踵而至：咖啡要么像天使尿[1]一样稀，要么像马黛茶渣一样浓。他找锄头、找镰刀，找我根本没碰过的东西。

---

1 天使尿（xixi de anjo）：一种由橙汁、烈酒和炼乳等混合而成的鸡尾酒。

如果他自己把东西放在了别处，结果忘记了位置，还是会来问我："婆娘，这个在哪？""那个在哪？"而我不堪其扰，停下手头的事儿帮他找。如果我找到了，他不会说一句感谢，就好像是他自己找到的。这件事实在是太烦人了，所以我会提前做准备，甚至不等他开口就把所有东西交到他手里：腰带、鞋、帽子、皮外套、砍刀，只为不再听到他喊"婆娘"。我感觉自己是个被买来的东西，这个男人到底为什么非得叫我婆娘？我在脑子里厉声尖叫。我们隔两周会去一趟我父亲家。每当在我父亲家，或者我母亲和多明加斯前来探望的时候，他喊我名字我都当没听见，也不抬头回应。我感觉母亲对我这副模样有些担心。我的眼神飘忽不定，仿佛想要抗议什么，但我隐瞒着，没做出任何表示。最让我不安的是，这不是我的行事风格。我性子野。哪怕知道父亲希望我上学，也知道我的做法会让他有些失望，我最终还是辍学了。那所为黑水河佃农子女开办的学校，是父亲不顾主人们的不满争取来的，最后由市长出面、用他们父亲的名字给学校命名，这些人才勉强同意。对他们来说，这更像一桩慈善，而不是给佃农子女提供教育的学校。男孩们

| 歪犁 |

都离我远远的，要么因为觉得我丑，或者无法跟我交谈（尤其是少了比比安娜帮忙），要么因为把我视作挑衅——我的力气很大，而这点被视作男性权威。这就是我的感受。然而在那里，在我同居男人的房子里，在破墙包围的茅屋范围内，我是一个入侵者。我没法自如地回应，无论是以一种平静的方式，还是在举止中掺杂愤怒的暴力。

7

　　有一天，托比亚斯刚骑马离家和苏特里奥去工作，玛丽亚·卡博克拉突然闯进屋子，我还以为有什么恶灵潜伏着，或者有人要进门攻击我这个独居的女人。她衣衫褴褛，痛哭流涕，身体不停地颤抖，怀里抱着的小儿子也哭得厉害。我不太明白她在说什么，只听见她重复着："他要杀了我。"她眼睛瞪得很大，一头直发粘在汗涔涔的脸上，黏稠的鼻涕从鼻子里流出。

　　她坐了下来。我关上屋门，防止哭声传到门外，也想看看能否减轻她的恐惧。我递给她一杯水，把孩子抱在怀里，但我

　　| 歪犁 |

做的一切似乎都没法缓和两人的痛苦。过了一段时间，玛丽亚·卡博克拉才告诉我，她在躲自己的丈夫。他疯了，正在发狂，其他的孩子都藏进了树林。一想到那个男人可能找上门来寻找玛丽亚·卡博克拉，我便不寒而栗。而且，他还会动手打我，因为我违背了不插手别家夫妻争吵的规矩。后来我努力冷静下来。托比亚斯是一个受人敬重的男子汉。他认识阿帕雷西多，两人关系不错。虽然他们未结干亲，但也是友善的邻居。阿帕雷西多不会未经允许就闯进屋子。我摘了一些柠檬草，架锅烧水，把茶倒给玛丽亚·卡博克拉喝。她没有看我，像个孩子一样抽泣。我把那杯温热的茶递到她嘴边。她需要喝水。就在这时，我看见她被打紫的眼睛和眼皮上方的伤口，心里泛起一阵苦楚。

我想起父亲和奶奶传授给我的疗方，用院子里的东西做了最简单的药膏。我甚至不知道自己会做这些。我把药膏敷在她的伤口上，然后用手捋了捋她的头发，用一根我留着备用的旧布条给她扎起来。那一刻，我才更清晰地看见玛丽亚·卡博克拉的脸和她印第安人古铜色的皮肤。从前我去找她借火或者到河边洗衣服的时候，她会跟我讲她的故事，她的经历，但我从未像那时一样仔细观察过她的面容。她到过许多庄园的故事令我印象尤为深刻，从她奶奶是住在丛林的佩加族[1]土著到狗的牙齿。玛丽亚很瘦，她似乎永远处于饥饿之中。她小小的身体在日光下有肉眼可见的紫红色色斑。我母亲说她是个漂亮的女人，只是被苦待了。所有我们这些田里的女人都被太阳和干旱如此苦待。我们被艰苦的劳作、遭受的贫困、过早生下的孩子苦待。这些孩子一个接一个，让我们的乳房干瘪、臀部变宽。我站在一旁，看着坐在椅子上的玛丽亚。我看见她小小的乳房在痛苦的呼吸间不安地起伏。我同情她的处境，想要把为数不多的午饭与她分享，但我克制住自己，因为我仍然重视托比亚斯的反应。

玛丽亚·卡博克拉像进屋那样，待了一小会儿就走出门去，一边向我表示感谢。小男孩紧紧贴在母亲怀里睡觉，忘了哭泣。她说自己要去寻找别的孩子，丈夫应该已经离开了，气也会消的。我几乎能看出她的想法——离家出走是件蠢事，害怕自己的丈夫也是，女人的位置就是待在丈夫身边。一个人不会挨家

1　佩加族（pega）：巴西土著族群，现被公认已经灭绝，曾于十八世纪居住在帕拉伊巴州的佩加村。

│　歪犁　│

挨户讲述自己的遭遇，让自己的生活成为别人说三道四的谈资。

我在门口望向道路，她的背影很快远去了。我祈求祖先灵魂保佑她和她的孩子。

后来，托比亚斯浑身是汗、双眼通红地回来，离得很远我就感觉他喝了酒。他好不容易拴好马，然后踉踉跄跄进屋。我把锅放上灶台加热，因为他还没坐下就开始抱怨饭做迟了，他很饿，一大早就开始干活儿。我惴惴不安，其实这种不安在我们同居的那段短暂时间已经成为我生活的一种常态。我想起自己离开家有多么愚蠢，但那天他连想这些的机会都没有给我，因为他大吼大叫，对所有人恶语相向，从邻居到苏特里奥和佩肖托家族。我很苦恼，想到别人可能在路上告诉他，我庇护过阿帕雷西多的妻子玛丽亚·卡博克拉。我把菜摆上桌，他手还脏兮兮的，就拿起来放进嘴里。他说了一些我没听懂的话，好像被热菜烫到了手。我继续守在旁边。他再次用手拿到嘴里吃，结结巴巴地嚷嚷没放盐。

那是我第一次看见他完全喝醉。以前他在聚会上也喝得很多，但还能站得住。他也会嘴唇发红，眼皮耷拉，眼睛挤成一条缝，但不会像现在这样，靠在桌边，翻来覆去地蠕动舌头。我试着理解他在说什么，但我还来不及护住自己，盘子就朝我甩过来。我看向地板，食物撒了一地。那是我弯下身子、辛辛苦苦清扫干净的地板。那一瞬间我感到愤怒。我问自己那个粗鄙的放牛郎究竟以为自己是谁。起初，我面对他日渐显露出来的怒气感到不安。他之前还有所克制，现在已经彻底口无遮拦。过不了多久，这家伙就会像玛丽亚·卡博克拉的丈夫打她那样打我。但我觉得自己不同。我不害怕男人。我是多娜娜的孙女、萨卢的女儿，她们能让男人低声下气。

他背靠着墙，凳子向后倾斜。我看了看地板，估计他希望我立马把它清理干净。然而我跃过那盘撒落一地的木豆鸡肉，用衣服擦了擦手，出门来到后院，开始在花坛里挖西红柿和小洋葱。我以为他会奋力追过来，抬手打我。只听见他在屋里大喊大叫，骂我是蠢驴、哑巴、无舌妇。我咽下他嘴里吐出的每一声辱骂，用力一击，从地里刨出巨大的土块。他胆敢来攻击我，我会对他的肉体做同样的事：只需一击，他的肉就会从脸上掉落。要是哪个男人想打我，我会先把他的胳膊和脑袋拧下来，这样他们就不会质疑我的愤怒。

他继续漫骂不休，而我让自己的心沉静下来。耕作土地给我一种安抚心神的感觉，能让包围我的负面思绪静下来。我想起远方的一切，而不是几米外在称之为"家"的茅屋里失控的托比亚斯。等我察觉到夜幕降临时，太阳已经落山。花坛很美，它在我的耕作下已经长了不少。我回到家收拾厨房，把他扔在地上的菜捡起来，带给弗斯科吃。不论他是否乐意，我明天上午都要回我妈妈家。我因为思念那片自己了如指掌的土地而感到胸闷。我不会再给他做饭了。我有我的自尊，我并不卑微，更不知如何原谅。如果饭不好吃，就让他自己做更好吃的。我怎么才能告诉他这些呢？写是没用的，他不会明白。托比亚斯和绝大多数佃农们一样，只会写自己的名字。因此，我不会用纸笔来表达对于他发火的不满。我走进房间时发现他在打鼾。他没有去河里洗澡，带着劳作时的一身泥土睡了。罢了，我想，我不会叫醒这头野兽催他洗澡，他完全有可能起来对付我。

第二天，他比往常更早出门。我没起身，听见他的关门声和马匹远去的小跑后，才起床料理一切。我给院子浇水，用面包果做饭，闻着厨房冒出的气味，由衷地感到快乐。我想起玛丽亚·卡博克拉，我睡前脑子里想的都是她，我为她祈祷。我祈求她和孩子们平安无事，已经与丈夫和好，祈求上帝安抚那颗心。我会请玛丽亚·卡博克拉和我父亲聊聊，许多人都通过他的药剂和祷告治好了酗酒。生活的方方面面都有祖先灵魂照管，那么肯定也有祖先灵魂能驱走那个男人的恶疾。玛丽亚看起来比我和比比安娜都大。她没有我母亲大，但是据她所说，她最大的儿子已经十一岁了。也许把我和她放在一起，她会被当作我妈妈。因为她备受摧残，衰容满面。

我拴上屋门离开，沿路前行，就像回家一样。一种愉悦的感觉占据了我。我有点起鸡皮疙瘩，仿佛收到了一件期盼已久的礼物。我在路上不断与自己熟悉的事物重逢，小径、房屋、河流、曲叶矛榈。即使和托比亚斯闹掰了，我还是可以回到乌廷加河边来。我总有一条退路，可以回到我熟悉的地方——或者去一个新的地方。

当我远远望见家里的房子时，脸上止不住现出笑容。我改走小道，不让母亲在门口看到我，想给她一个惊喜。我们会笑

歪犁

作一团，围坐在桌前聊起熟悉的事情。我会听她谈起自己，谈起我。她抛出问题，然后自顾自回答，仿佛那是我的答案，直到我打断她予以否认。我一边敲门，一边慢慢跨过门槛。我听见一阵嘈杂，心想应该是托尼娅婶婶在那儿。踏进房门，我看见一个女人侧身坐着，怀里抱着一个婴儿。比比安娜回来了。

8

　　过去了这么多年，我依然记得那一天。那场事故让我的父母忧心如焚，他们在苏特里奥的陪同下狂奔，带我们坐上那辆驶向医院的老式福特。我梦想坐着它兜风，但不是在哭声和鲜血之中。我的这趟旅程伴随着对多娜娜的记忆——她看到我们嘴里流出鲜血时陷入绝望，又发现行李箱不在原位，更是震惊。也许她已经忘了那把裹着布收起来的象牙柄刀。托尼娅婶婶告知母亲后，她火急火燎地赶来，看到我们的样子简直伤心欲绝，不停地问我们到底做了什么。她猛烈地摇晃我和比比安娜，我

　　| 歪犁 |

们还从没见过她那样。是姐姐嘴里一边淌血一边哭着说，我们从奶奶的行李箱里拿出了那个东西。我无从得知多娜娜后来的情况——她发现自己保管着一个危险的东西，而我们这些小孩却没把它当回事儿，只是好奇地拿在手里，然后不知着了什么魔，又放进嘴里。那道光芒仿佛是某种预兆，完全迷住了我们的眼睛，让我们忘记了世界，也忘记了所有人都说过锋利的东西很危险，要"小心刀刃"，它最终把我们引向那场意外，不断击打着我们的天真。

那天上午，我玩腻了玉米棒娃娃，便看向比比安娜，提议去后院架子上拿一块火炭。或许树林里有只蜥蜴，我们可以对它做邻居孩子们对小动物做的坏事。她说她不想。"要不我们去看看奶奶的行李箱？""她在厨房烧土豆。""等等。"她对我说。多娜娜迷失在她的幻想中。她活在过去，很快就会思绪重重，然后走到果园和旧鸡棚后面的树林里。我们坐在门阶上，隐约瞥见奶奶的身影从后门离开。比比安娜可能不知道行李箱在哪儿。虽然我年龄小，但自认为比姐姐聪明。我看过多娜娜无数次收拾那个箱子又弄乱——虽然每年九月和十月的大风都会刮来一层厚厚的尘土沉积在箱子上，仿佛她的东西已经很久没被翻动过了。一天早上，我看见她拿出象牙柄刀，一边用一块脏布擦亮刀身，一边自言自语地念叨失踪的姑姑卡梅莉塔。我们可以拿这把刀去砍外边的树、挖土，用它处理我们想象的猎物，削尖我们用钝的铅笔。

那把刀闪耀着无与伦比的光芒。比起多娜娜放在同一个箱子里的镜子碎片，我们能从中更清晰地看到自己。房间一片寂静，没有屋外鸟儿的叽喳声，我低声问姐姐："它是什么味道的？""应该和勺子的味道差不多。"比比安娜回答。我激动地说，"让我看看"，从盖在坑洼地表的兽皮上跳起来。"不，我先来"，比比安娜想施加她热衷于展现的、作为姐姐的权威。如果多娜娜回来，撞见她把刀放在嘴里呢？她就没法这么神气了，还会狠狠挨一顿打。我把身体后倾，拖动床铺，想让多娜娜远远听见动静，赶快回来。她会撞见我们，然后终止游戏。毕竟拿刀是我的主意。但我发出的讯号没能奏效，于是我想到了大喊。姐姐推卸责任肯定比我还快。哪怕忤逆她的意愿，我也要拿到刀。"有勺子的味道吗？"

我从她嘴里猛地抽出刀子，不得不和她的手劲僵持片刻。我以为她还会继续使劲，就像我们以前都不让对方拿走自己的东西一样，没有注意到她瞪大了双眼。我把刀放进嘴里，痴迷于它的光芒。而多娜娜此时思绪万千，隔离于这个世界。那东西在我手里像岩石一样沉重。我忽然意识到自己中了邪，会被奶奶逮住，于是猛地抽出了刀子。要是真被逮住，比比安娜只会矢口否认。我抽出刀子时看见比比安娜正在流血，感觉自己嘴里也有某些东西喷涌而出。但我的心情、担心被逮住而加速的呼吸，都不允许我在那一刻感受到后来的疼痛。我把切掉的舌头攥在手里，仿佛父亲和奶奶能用巫术让它重回原位。祭司大帽子泽卡无所不能。他能在雅雷之夜变成许多祖先灵魂，能变换声音、唱歌、在客厅敏捷地旋转。他被森林、河湖、群山和空气的神灵赋予力量。我的父亲能治好疯子和酒鬼，他会把这块舌头安回我嘴里的。我正胡乱想着该如何应对我的不幸，多娜娜便逮住了我们，甚至没等比比安娜把行李箱归至原位。正如我几分钟前料想的那样，我还是看见她的手砸在姐姐的头上，又同样重重地砸在我头上。但我开始发虚，因为已经失血过多。

我记得自己听医生们说，我说话和进食都会有困难，必须经常回城里复诊，练习说话，但这是不可能的，我们不能离开黑水河，住得又那么远，没法经常走这么远的路进城。而城里离我们最近的医院又没有医生知道如何治疗。

所以我成了哑巴。

过了很久，我决定试着说话，因为那时我正独自沿着多娜娜经常走过的小路进入树林。我仍然记得自己选择的词：犁。我喜欢看着父亲牵引庄园那把由牛拉动的老犁耕地，再往翻动起来的栗红色土块里播撒稻谷。我喜欢它圆润、简洁、浑厚的发音。"我要用犁耕地"，"我要犁地"，"有新犁就好了，这把犁又歪又旧"。从我嘴里发出的声音是畸形的、紊乱的，仿佛失去舌头的地方有一颗滚烫的鸡蛋。它是一把歪斜的、变形的犁，这样犁地，大地会被毁坏、撕裂，变得贫瘠。有时候我会一个人试着重复这个词，然后说其他词，想让我的身体重新说话，变回以前的贝洛尼西娅，但很快我发现自己不得不放弃。甚至消肿以后，我也无法再发出一个自己能听懂的词。我不会再发出让自己厌恶和排斥的声音，沦为菲尔米纳婶婶家的孩子或托尼娅婶婶女儿们嘲笑的对象。

这些年来，只有独处时我才会说话，即便如此，我也很少敢说些什么。这是我有意强加于己的折磨，仿佛多娜娜的刀在我体内游走，摧毁我从那时起努力积蓄的全部力量，仿佛那把古老的歪犁穿透了我的内脏，撕裂了我的肉体。为了在那片充满敌意的大地生存，我耗尽了自己鼓起的所有勇气。这片土地焦石流金，受到苦待。人们无助地死去，如牲口般活着，毫无回报地工作，甚至没有休息。我们唯一的权利就是在主人允许时住在那里，以及如果最终没有离开黑水河的话，能够将等待我们的坟茔安放在维拉桑墓地。

但我坚持了下来。独自走在路上的时候，我会自言自语地重复那些最刻薄的、我们不爱听的话，而且随着时间推移，这些话变得越来越多。我没有逃避说出那些许多人担心太过毒舌而避之不及的话。这些话由我畸形的、奇怪的声音重复，承载着对许多事情的愤怒，而这些愤怒与日俱增。如今托比亚斯虐待我，这些话变得更加恶毒，它由我的女性祖先、多娜娜、我的母亲、我不认识的祖母们喊出来，传进我的耳朵，让我用可怖的声音重复，她们悲伤而难忘的样貌浮现出来，让我有力量活下去。

9

不过将近两年光景，我的姐姐不知道老了多少！她的臀部很宽，不再是年轻的模样。唯一让她看起来年轻的是脸上亮晶晶的痘痘，如同黄色的斑点。其他方面她看起来老了十岁。对如今已为人母的她而言，那段时间仿佛粗暴地过去了。我能看到她丰满的乳房从衣服里突显，因为给伊纳西奥喂奶而下垂。但这对我们这些农家妇女来说不算什么。我们从小就准备为主人们生下新的佃农，不管是为我们的居住地还是他们需要的其他任何地方。我看到的这些，不过是姐姐由儿童成为大人的变化罢了。

她脸上有一种微妙的不安，既欣喜于见到我、知道我很好，又深知自己抛弃家人去和表哥生活，是一场幼稚的冒险，就像其他做了同样事情的女孩一样。我们当中不乏类似例子的故事。她的动作流露出我们经常在周围动物身上观察到的母性本能。看到她沉重地起身，把孩子递到萨卢怀里后拥抱我，我能感知到这一点。我多想紧紧地、真挚地拥抱她，因为能够再次看到她的脸，看到姐姐和她的孩子，我惊讶不已，这是多大的福气。受伤的感觉迟钝地浮现出来，同我的其他感受交织在一起。尽管我想压制，但它久久不散。所以我们的问候有些淡漠，没有她离家前姐妹关系里的那种活力。

我没想到时隔这么久突然见到比比安娜，那天早上离家的原因也被搁置一旁。我坐在她身边，听她和多明加斯、母亲交谈，讲述她在庄园外的生活。我表达出自己的惊讶，用以前同样的手势参与交谈，这些手势在很长一段时间里由比比安娜理解后传达给别人。那一刻，我多想恢复使我们几乎合为一体的联结，但我的姐姐没有立即理解这些手势，不得不尝试一次、两次或更多次，直到我们都累了。多明加斯似乎更明白我的意思。我已经部分地失去了传达情感、与他人交流的能力，自从她走后，这些能力已经沉睡许久。

比比安娜说她已经参加了一个补充教育课程，明年会到公立学校当老师。她目前负责照看女邻居的孩子们，以便她们能工作。她靠这个赚得很少，但她有个孩子尚在襁褓之中，只能做这个。她还提到塞维罗在农场工作，也会参加农村工会的活动。他正在学习很多东西。尽管他会害怕，也会面临困境，但他依旧为改善那些与自己并肩劳作的佃农们的生活而奋斗，甚至受到年长者的钦佩和尊重。

塞维罗在我父亲和泽泽的陪伴下从后门进屋，摘下帽子和我打招呼。他喊我贝洛尼西娅表妹，见到他我很开心。他也变了，已经褪去稚气，似乎更像一个男人和成年人，仿佛只保留着他一贯的不安分。看到他，我意识到，我为两人年少离家而感受到的肤浅悲伤已经过去了。有段时间，我以为我们家会出现破裂，但作为我们一分子的人归来是福祉，宽恕也从中萌生。我同样不可避免地回忆起比比安娜多年前臆想我和表哥之间的那些傻事。表哥的形象确实对我产生了一种吸引，但没有任何可以称之为爱慕的东西。我有的只是一种对年长者的钦佩，佩服他从举止、经历，尤其是从他的事迹中散发出来的能量和活力。塞维罗有一种天生的魅力，就像森林里的动物，机敏伶俐，不断给我们带来惊喜。这些品质并非总是由他的身体展现出来，更根植于他在世界中的行动。我的钦佩源于希望拥有同样的力量、领导力和智慧，仿佛我是大帽子泽卡的长子一样。因为塞维罗让我钦佩的一切，正是我父亲所拥有的、在曲折之路上引人前行的能力。

塞维罗的出现巩固了他一直以来给我留下的印象。他一针见血地指出我们在庄园的生活状况，让我的父亲感到难堪。泽卡经常跟我们讲，说收容我们、让我们在那里居住和生活的人坏话是忘恩负义。但他没有反驳塞维罗的观点，也许是因为场合，也许是因为他慢慢被说服。塞维罗的话仿佛预示着某天他们再回庄园定居时，我们将会过上的日子。我意识到，在他关于劳作和我们面临的奴役关系的论述中，有一些强有力、决定性的东西。我试着记下他说的话，理解他带来的新信息，把他在其他地方的生活经验嫁接到我们自己的历史上，让生活变得

| 歪犁 |

具有意义。

我深深地望了一眼比比安娜怀里的孩子。她注意到了，转头告诉我孩子的名字。我觉得这个名字很美。我笑了，以示我的喜爱。我想把他抱在怀里，但他躲开了，把头靠向母亲的肩膀。他是我的小外甥，我的血脉。如果没有被时而过早夺走我们孩子的疾病打倒，他将继续耕耘这片土地，即便不住在黑水河。他有一双说不清像爸爸还是像妈妈的眼睛。我伸手抚摸他。我的母亲抑制不住自己的欣喜，一直念叨着自己当外婆了。伊纳西奥的温热传递到我手上，我认出了他。他充满生机的柔软皮肤有着花蜜的颜色，让我充满力量，感到温暖。

比比安娜说她很快就会带孩子去苦路之主那里接受洗礼。我听见她说，"你会是教母"。她的安排表明我在她生命中的重要性，即便我们有了距离，我也知道我们之间存在分歧和隔阂。通过这种方式，我们可以加强彼此的联系。

那段时间，我几乎每天都会回到父母家或者塞尔沃舅舅和埃尔梅利纳舅妈家，比比安娜和塞维罗轮流关照两家人。我越发想听他们在外游历的故事。我想听听塞维罗如何解释我们为什么生活在黑水河。他讲述的这些故事伴随着我的愤怒，伴随着折磨我甚至撕裂我的扭曲声音，还有将我们与远方的人们联合起来的所有痛苦。我们联合起来，或许能够打破既定的命运。甚至托比亚斯心情差、发脾气也没有打消我出门的积极性，直到他们再次离开，并承诺很快就会回来。

他们离开时，我预感他们会回来，我预感和风将把他们连同细雨和改变一齐带回这里。只为这点，我也祈祷它很快到来。

| 歪犁 |

10

接下来的几个月，托比亚斯的攻击性越来越强，母亲甚至给我捎来父亲的口信：他很担心我，希望我回家。我回来对这个家并非耻辱。他只想照顾好自己的女儿，不希望任何坏事发生。

托比亚斯为鸡毛蒜皮的小事抱怨，而且几乎所有事情的过错都赖在我身上。他喝了大量的甘蔗烧酒，双眼变得通红。每次他眼睛停留在我身上，几乎都伴随着对我的侮辱：他让我记住自己是个哑巴、我过了这么久还没像我姐姐那样生下孩子、我做饭难吃、我在院里耕种浪费了太多时间、他不想看见我和玛丽亚·卡博克拉在一起。而玛丽亚告诉我，肚里怀不上孩子肯定不是我的问题，因为托比亚斯之前和很多女人发生过关系，但没有任何怀上孩子的消息。"我打包票，"她说，"是他那方面不行。"

我很早就想着要回娘家去了，但有个声音告诉我，我能驯服这个男人。我不能懦弱地离开这个家。如果说那时的我学到了什么，那便是我不应该接受任何人的保护。如果我没法保护自己，没人能保护得了我。也许是因为受到父亲信仰的影响，比比安娜过去照顾我，无非是因为她从小就抱着拯救所有人的愿望。然而实际上，当她干粗活儿表露出恐惧时，是我在保护她。当我们需要穿越树林、河流或沼泽，她会让我走在前面，如果看见蛇或野生动物，我能壮着胆子吓走它们。

有段时间，托比亚斯参加雅雷之夜时仍然对我父亲心存敬畏。他喝酒，喧哗，吸引在场者注意。但他不是唯一一个哗众取宠的人，所以没人在意他。毕竟这是从日复一日的劳作中得到放松的时刻。但我几乎每天都听到他因为酗酒而大喊大叫，我无法忍受看见他，听到他的声音，甚至出门后还要和他待在一起。我更愿意去找其他人，帮我母亲干活，和多明加斯或托尼娅婶婶的女儿们在一起。

　　大概就是那段时间，我意识到选择和托比亚斯一起生活是个天大的错误。他从未像玛丽亚·卡博克拉的丈夫，或其他把妻子当作沙包殴打的男人那样，对我下狠手。只有一次他威胁打我，当时他让我去找一条破裤子。为了他能穿，我几天前曾缝补过。他粗鲁地大吼，而我感觉受到了冒犯，没有从缝布的椅子上挪开。他扬起手，好像要扇我耳光，但他把手悬在半空，因为我停下缝补，用凶狠的目光盯着他的眼睛，仿佛在激怒他，让他动手，看看他的野蛮能否胜过我的意志。那一刻，我感觉有一条臭蛆在体内啃噬我。也许是感受到了我的怒火，托比亚斯愧疚地放下了手，不再说话，出门继续喝酒，回来时踉踉跄跄，脏兮兮地倒床就睡。

　　我想，如果我离家那天就死了多好——可以从马背摔下来，在地上无力挣扎，因为那时我的哀怨已经毫无意义。我知道即便过了很多年，我依然得扛着那份耻辱，因为我太过天真，被他彬彬有礼的外表迷惑。这种巧言令色与那些把女人从父母家带走充当奴隶的男人没有分别。他们让女人此后的日子变成地狱，打得她们出血甚至丧命，在她们的身体上留下仇恨的印迹。他们抱怨食物、卫生、没管教好的孩子，抱怨天气和陋室，总之，向我们展示一个女人的生活如何堪比地狱。

我父母的美满生活，甚至比比安娜和塞维罗的幸福时刻，似乎都是例外。她们也有任何女人都无法规避的一些烦恼，但她们受到尊重，在家里有发言权。我从未见过父亲对母亲出言不逊。即便他们之间没有太多爱意和温存，至少也并不冷漠。他们知道对方需要什么，愿意各退一步，海阔天空。尽管时间很短，我还是能发现自己的情况截然不同，甚至可能越来越糟，托比亚斯也可能虐待我，就像阿帕雷西多对玛丽亚·卡博克拉那样。

托比亚斯变得越发不着家，不给任何理由。他不再去我父亲的雅雷仪式，而去参加另一个离得很远的仪式。如果没有雅雷仪式，就去参加圣人节或者熟人的生日或洗礼仪式。他依旧喝得醉醺醺的，衣服脏得满是各种污渍，从黏土到女人的脂粉。

歪犁

他很多天夜不归宿。起初我担心他可能会和人起冲突，或者被人家报复。我还担心苏特里奥听见他惹是生非的传闻，会把他赶走。如果这事发生，我绝不会离开自己出生的地方。

我总感觉自己无精打采，每当托比亚斯不在时，我都会为自己祈祷，祈求获得撑过这种生活的力量。我继续在院子里劳作，打理田地和他弃置一旁的事务。我只是没有像放牛人那样骑马，因为我不会骑。

几个星期过去，在我度过了一个托比亚斯不知所踪的难眠之夜后，庄园的放牛人热尼瓦尔多拿着帽子来到我们家门口。他沉默不语，脸上写满了凶兆。他像一只报忧鸟，而我感觉自己浑身战栗。他请我同他上路，到他发现那个把我从父亲家带走的男人倒下的地方。

11

我屈膝于地，合上托比亚斯的眼睛，起身走向道路一角马儿低头吃草的地方，没有惊慌失措。那匹马正晃动耳朵赶走苍蝇。我抚摸它的腹部，仿佛它是世界上最重要的存在，然后轻轻拍了两下它的脊背，表示想要启程。我手握缰绳，和村民们一起前行。他们把尸体抬回了我们家。

玛丽亚·卡博克拉有次告诉我，托比亚斯和一个住在城里的叫瓦尔米拉的女祭司发生了冲突。有次他醉酒后，许多助祭把他从屋里赶了出去。这事起因于附身米乌达婶婶的祖先灵魂，

| 歪犁 |

即所谓的渔神圣里塔，不时也会出现在我父亲雅雷仪式上的那位。祖先灵魂到达瓦尔米拉的房屋后，听到托比亚斯的侮辱。托比亚斯质疑她的存在，煽动她一显神通，还说瓦尔米拉本身就在行骗，那些都不存在。祭司数次干预，让他停止自己愚蠢的言行。托比亚斯既不让步也不认错，于是骑在米乌达婶婶上的祖先灵魂亲自给他一个人下达了判决。没有别人听见这些话，连瓦尔米拉也没有，只有他听见了。"但他继续蔑视祖先灵魂，"玛丽亚·卡博克拉说，"现在如果有什么不幸降临到你们家，不必感到惊讶。"

我听到母亲说，"和你奶奶一样，贝洛尼西娅，和你奶奶一样"，她扶着我的肩膀，在我头上系了一条黑头巾。她想说的是埋葬了几任丈夫的奶奶多娜娜，同样是个寡妇。我眼睛干涩，旱季已经持续了太久。自从我同意那次结合，踏进堆满垃圾的房子，让托比亚斯掀开我的衣服，自从我任由自己听到那些辱骂而无法自如地还口，我内心的某些东西就已经干枯了。我久久地站在离棺材稍远但靠近门口的地方，迎接大批抵达的邻居。我看见人们进进出出，感觉自己精神涣散，但并不伤心。

多明加斯和母亲试着提供需要的东西。有时候，人们一个个上前，又一个一个走开，我都面不改色。他们希望我表现得像个悲痛欲绝的寡妇。他们以为我会出于对同居男人的尊重，表现出明显的悲伤。有时候我不得不克制自己，以免露出叛逆的笑容，这种姿态会被在场者，尤其是我的父母视为不敬。不过他们也别指望我披麻戴孝，每当我注意到邻居和乡亲们夸张地忏悔和哀悼时，我都反复对自己这样说。

整个守夜期间，我只看了一次托比亚斯的脸，即便如此，我也和他的身体保持了一定距离。他额头上有一个小伤口，哪怕清洗过后，仍在渗出褪色血液般的透明液体。但我没有伸手擦掉，甚至没有抚平装饰棺材的纱网。我想为自己生命的那段时间画上句号。为了让葬礼尽快结束，我握紧妹妹的手，让她带领仪式队伍离开。所有能做的悼念活动都做了，乡亲们数珠念经，赞美他的灵魂。我也为他祈祷。足矣。他们不必等待我的眼里流出泪水。就这样，我看着他的躯体离开他建起的房子，这里保存着所有他当作宝贝的东西，然后带着我们生活仅一年出头的陋屋所没有的安宁，埋入黄土。

母亲希望我跟她回家，放下这一切，和她一起生活。我并不想。我想独处，想在远离所有人的静默中生活。我理解萨卢的担心，毕竟我独自一人，没有男人陪伴，令她觉得危险。如果我告诉他们，也许是我在保护托比亚斯，他们是不会相信的。这段时间托比亚斯酩酊大醉地躺在床上，起不到任何防范危险的作用。这是我允许多明加斯在最初几天陪伴我的唯一原因。但我的妹妹知道我过得很好，自从搬到圣安东尼奥河岸，我每天都忙于各种事情。她问我是否害怕孤独，我摇头，多次表示不害怕。我可以养一只小狗做伴，就和已经死去的老弗斯科一样，而且托比亚斯还在床底留下了一把猎枪。我不愿把那块土地拱手让人。我付诸心血让那个院子成为大地上一个亮眼的角落，不愿别人坐享其成。我越发喜爱这些植物，喜爱在我和托比亚斯的劳作下茁壮成长的每样事物。"但屋子的状况很糟糕。"多明加斯对我说。是的，很糟糕，但我已经见过太多次别人盖房子了，很清楚把这间棚屋变成理想住所需要什么。我会给这些垃圾找个归宿。托比亚斯之前漠不关心地拖延此事，但现在我要把所有东西扔进垃圾堆。很快，李叶豆大树荫蔽的这间屋子会变得和我到来时大不相同。我不打算再和谁在一起，不想再结婚了。我要保留这间屋子和它周围的土地，因为也许这是我此生能拥有的全部。

只有这样，我才能体验到苦难是一种团结的情感，能够将所有生活在黑水河以及很多其他庄园的人联系起来。我目睹了父母一生经受的苦难，如今我要一人承担。我没有孩子需要养活，但我尽己所能，付出比许多住在那里的男人更多精力劳作。从那些时常失败的事情中经受的挫折让我感觉自己活着，并在某种程度上和所有遭受同样蔑视的佃农们团结一心。我向来没法抱怨命运，因为命运的魔力也站在我这一边。我打出成袋的玉米，做出一袋袋面粉，日复一日在绿意滋长的田间劳作。如果烈日杀死庄稼，徒留一地干枯焦化的作物，或者河流涨水，我还来不及收获它们便被大水吞没，我就把自己一天的工作投入到需要的地方。没有农活儿的时候，我会拿着收摘的曲叶矛榈果和棕榈油，跟玛丽亚·卡博克拉和其他女人一起到城镇集市贩卖。偶尔有司机看见我们沿路行走，被果子弄得满身油污，会让我们搭他的便车。

歪犁

有一天，我爬曲叶矛榈树时，脚被一根刺刺穿了，我像猎物一样坠落到沼泽地面。多亏了玛丽亚·卡博克拉让两个儿子去喊泽泽和多明加斯来帮我，我才能继续走路。他们倾尽全力让我回家，甚至大帽子泽卡也来了，以他作为父亲和祭司的权威，试图劝我放弃独自生活的想法。我诉诸他的信仰——某种程度上也反映着我的信仰，指着天空和我客厅里小小的圣徒祭台：被箭洞穿的圣塞巴斯蒂昂小圣像，一副挂在缺边相框里圣葛斯默和圣达弥盎兄弟的褪色画像，一幅圣芭芭拉画像，一幅尼尼婶婶给我的永援圣母新画像，还有我从庄园采摘的一束蜡菊，装在可口可乐瓶子里。这是在说，我们从不孤单，因为上帝和祖先灵魂永远在我们身边。

我的脚再也没有恢复成原来的样子。那根刺像一把匕首，从一边穿到另一边，留下永久疼痛的后遗症，接着就是红肿。我和多明加斯、母亲、托尼娅婶婶进了几次城，医生们为我诊断开药，但没有治好。父亲用根茎给我做了药，让我耐心等待，疼痛得到了极大缓解，几乎消失。但仅是疲累地劳作了几天，我的脚又肿了，疼痛也在加剧。然而，这一切都没有夺走我用劳动改造周围环境的意愿，尽管我知道，因为没有孩子，苏特里奥会拿走我的大部分收成。因此，很多次我天没亮就出门，把我收获的一部分食物拿到父母家，让他们分给大家。我会等着玛丽亚·卡博克拉和孩子们来看望我时，坚持让他们带些木薯、豆角、南瓜和土豆回去。

等我感觉自己伤势好转，便开始建造一间新屋。泥屋是没有办法修复的，所以只能在这块地的其他地方建造一间新的。庄园的所有居民都这样做：当我们建造新房子时，就任凭旧房子在原地坍塌。泽泽帮忙从河里运来黏土，砍伐木材用以制作墙壁与支架。看见房屋从土地中生长出来是一件迷人的事，正是在同一片泥土中，我们播下种子，收获食物。这种建造又拆除房屋的仪式，我已经见过多少次了，但看着即将成为我们庇护所的墙壁升起，我依然感到惊喜。

就在我把东西从老屋搬到新屋的同一天，玛丽亚·卡博克拉走投无路，跑进我的屋子，嘴角有一道伤口。她不必开口我就知道，阿帕雷西多更过分了。她说如果丈夫回来发现她在家里，会当着孩子们的面杀了她。我感到憎恶，想起托比亚斯糟糕的

| 歪犁 |

回忆，尽管我知道为了给他最后的安宁，不该以这样的方式记起他。我拖着玛丽亚再次回家，因为只有三个孩子和她一起来了，其他的还单独留在那儿。我觉得把他们交给一个醉鬼照顾是不公平的。看着她一次次无助地前来，我已经受够了。她看起来不想去，眼里满是恐惧，但还是让步了。我在衣柜里摸索出一些东西，放进小挂包里。我想过请求男人的帮助，但我还未表意，玛丽亚就对我说，如果一个男人去她家里，情况会更糟，可能会闹出人命。阿帕雷西多的妒意是病态的。我放弃了这个想法，决定独自一人陪她过去。

门没有扣好，临走前我得用力把它关上，便任由小挂包掉落在地，玛丽亚·卡博克拉弯腰把东西重新拢好。她在象牙柄刀前愣住了，过去了这么久，它依旧光彩纯粹，她被这把刀迷住了。她的目光就像我们把刀放进嘴里那天比比安娜的目光。她把袋子从一只手传递到另一只手，然后才归还给我，没敢问我为什么要带着它。

12

倒霉的是走到半路，我的脚疼了起来。等我决定停下来整理鞋子时，发现它已经肿了。我一瘸一拐地来到玛丽亚·卡博克拉家，首先映入眼帘的便是两个被扔在客厅一角的甘蔗酒瓶。屋子里堆着脏衣服，桌上的盘子里有吃剩的食物和一大堆苍蝇。它们是我们残羹剩饭的忠实伴侣，也许还等着享用我们的尸体。不过它们也不需要我们的身体成为死尸，一个裂开的伤口足矣收容它们的虫卵。它们如何存活我们再清楚不过。一年中有些

| 歪犁 |

时候，苍蝇的嗡嗡声大到我不管睡着还是清醒都能听见。要是哪天它们消失了，或者不再嗡嗡叫了，我们或许会立马察觉出周围的异样。

　　房屋的墙壁受到侵蚀，出现了一些我们能望穿的破洞。我帮忙召集孩子们去洗澡，同时自己也动手清洗散落在桌子周围或堆积在地上的碗、杯子和榨油容器。那是一个乌云密布的凉爽下午，但随着时间流逝，玛丽亚·卡博克拉的神色越发紧张，仿佛一场不可避免的暴风雨即将来临。她多次表示自己没事，让我离开。我拒绝了，继续收拾东西，把它们放回原位或者修补破损的东西。我不知道自己发生了什么，竟毫不畏惧。也许是因为托比亚斯的死和自我封闭的孤独。也许是因为我对多娜娜的记忆和私下里听到的关于她有多勇敢的谈话。也许是因为我人生中已经经历的种种不幸，尽管我还没满二十岁，又或者是我想保护玛丽亚这个女人。我很清楚那种蔑视是什么。虽然托比亚斯和我发生冲突时从未动手，我依然记得他的辱骂和我心中滋长的所有抗拒。我相信玛丽亚·卡博克拉只是缺乏一丝面对丈夫的勇气。当她明白自己并不害怕，能够以其人之道还治其人之身时，她的丈夫再次动手施暴前便会多想几遍。

　　夜幕慢慢降临，我给孩子们准备了红薯和咖啡。凉风吹进门窗敞开的房屋，不过也有蚊虫侵入，被我们用手掌拍死。玛丽亚·卡博克拉点燃唯一的油灯，煤油燃烧的气味和进入屋子的新鲜空气混在一起。她之前跟我说，她还不满三十岁。但她看起来老得多，一头垂肩的直发里掺了许多根白发。她的脸上总是油光发亮，在油灯投射的光线和阴影之间变得更亮了。我看着这些围在母亲身边的孩子，他们有时也会围着我，想让我加入他们的游戏，玩过家家和老鹰捉小鸡，我怀念地看着，想起自己在乌廷加河畔的童年，用玉米棒做娃娃，在稻田里驱赶紫辉牛鹂。有的孩子像妈妈，有的孩子像爸爸，但无一例外都带着疏于照管的痕迹：肚皮硕大，身体虚弱，尤其是因为家里惯常的暴力，眼里充满悲伤和恐惧。

　　孩子们入睡后，我和玛丽亚·卡博克拉待在关上门的客厅，听她讲述来到黑水河以前的生活。"我一出生就被困在一个庄园里，和你一样，"她边说边摆弄一个盒子，里面有些边角布料、线、针和少许颜色各异的补丁，"但我爸爸像个吉卜赛人一样，从一个地方到另一个地方，寻找工作和更好的条件来养活孩子。"她继续说，没有看我。"我之前曾经在六个不同的庄园生活，所以也不会读写。"她取出三块巴掌大小的圆布放在腿上，又找到针线开始缝补，直到它们看起来像花蕾一样。"对我来说，我不想再寄人篱下，不想在任何人的绳索下生活，"她把针靠向眼睛，试着穿线，"但阿帕雷西多满脑子只想着种地，所以请求这里的主人让他住下，就在上次旱灾的时候。"

　　她讲述的这些记忆如同陌生而古老的祷言，是所有在某个时刻来到黑水河和其他许多我们所知庄园的人所共有的。"当我抵达时，以为这里叫'好运庄园'，你看吧，"她几乎苦笑着说道，"他一直把这片'好运庄园'挂在嘴边，说这里土地好，佃农们住得也好，但我们来到这里定居才发现，跟我们途经的其他地方没什么不同，没有任何'好运'。我和阿帕雷西多在一起时十四岁，"她起身又拿了一杯咖啡，"你还想要咖啡吗？"她看向我问道，期待着我用她已经熟悉的手势来回应她。"他原来不喝酒的，不喝的。他是个挺好的男人，但现在被酒毁了，"她把一杯满满的咖啡放在我靠身的小桌子上，"我让他去和泽卡聊聊，开一瓶药水，但他不愿意。"

或许玛丽亚·卡博克拉那时想做做补丁，缓解吞噬她身体的不安，但她没法集中精力，便把小盒子放在一边，朝我走来。即便小油灯只能勉强照亮昏暗的房间，我也能看到她颤抖的、布满老茧的双手伸向我的头。

"你已经守寡了……无依无靠多可怜啊，但应该也比我现在要好。"她说着取下我的头巾，这时我感到一股暖流在我的胸腔流淌。她把手放在我卷曲的头发上，任由手指与发丝交缠。我感受到一种其他人的触碰从未带来的舒适。我很少躺在多娜娜或者我母亲怀里，让她们像玛丽亚这般待我。她的毛孔散发出一股我熟悉的河水气味。"你的头发很黑，贝洛尼西娅。我从没见过你不戴头巾的样子。"我没有转移视线去看她，而是让她的手继续深入。她停了下来，到房间去拿些什么。她开始帮我编辫子，用梳子分开发丝，辫子紧贴着头皮。有一瞬间，我闭上眼睛，想要更好地感受她的指尖在说话和沉默的间隙来回穿梭，其间只有她急促的呼吸，不同于我越发平缓的呼吸，仿佛在催我入眠。等她编完辫子，我几乎要睡着了，感觉到她温热的身体贴着我的头。因为没有镜子，我用手感受头发的形状，无意间碰到她粗糙的皮肤。我的头顶形成一条条路，它们似乎随着穿过我身体的暖流而成型。

那晚过后的很长一段时间，我都会闭上眼睛，想再次感受玛丽亚·卡博克拉。"你大概累了，在床上躺一会儿吧。我会醒着的，我睡不着。"她边说边去放梳子。我叠好头巾，把它放进装刀的袋子里，这提醒我把自己带来的土豆拿出来。我想再撑一会儿，但后来撑不住了。"你别担心，"她对我说，"躺在我睡觉的这头吧，因为蒂昂睡得很浅。"她边说边调整睡在床上的男孩和两个女孩的腿："如果那个男人回来了，我会叫你的。"

我感觉覆盖床面的床单有一股河水的气味。我抵抗了好一会儿困意，想让自己的内心平静下来，但它依然因为刚刚的爱抚而扑扑跳动。我终于屈服于困意，梦见了托比亚斯。他远远地看着我，而我试图逃离。我疲惫地爬上山谷的斜坡，却发现一个闪闪发光的围墙。我想从另一边逃走，却看见更多围墙。当我离开这里时，看见树林熊熊燃烧。等到一切都成为灰烬，我却不知为何发现自己被死死困住，没有出路。我想回到河边，这时奶奶的象牙柄刀出现了。比比安娜和塞维罗在我面前，但他们看不到我。我大声地喊，他们还是听不到。当我把刀从土里拿出来时，大地开始分崩离析，而裂口不知不觉地吞噬了他们。

我气喘吁吁地惊醒，起床时天已经快亮了。我发现玛丽亚·卡博克拉坐在门边打瞌睡。她一直守着，以免丈夫撞见睡在她床上的我。我得给牲畜喂食，便踏着清晨的静谧回到自己家。我一路上忧心忡忡，但我知道如果发生了什么，玛丽亚和孩子们会想办法向我求助。

歪犁

13

不到一周，玛丽亚的一个孩子就跑来找我，当时我正在清理耕地。他说爸爸疯了，又在打妈妈。我做了个手势，让小男孩等待，然后回家拿我需要的东西。我把木薯和香蕉装进袋子，请他帮忙拎着。我没有脱掉身上沾满泥土的长裤，也没有换掉那件袖子很长的衬衫——我几乎忘了它是托比亚斯的。我不动声色地来到玛丽亚·卡博克拉家，离她家还有一段距离时，就能听见哭声回荡在我快步疾行的小路上。虽然门开着，我还是敲了敲。阿帕雷西多停下来看我，他确信人们都很懦弱，哪怕听到那个女人有多绝望也不会做什么。我走进屋，好像这房子是我的一样，然后把食物放到厨房的桌上，召集绝望的孩子们，用灶台角落里的一块布给他们擦脸。

男人厉声呵斥，让我离开，管好自己就行。我始终没有看玛丽亚一眼，她在房间里抽泣。如果她瞥见我的头，会发现我仍然保留着上周她编的辫子，以及我眼中由那亲密举动生发的一切情感。我站着不动，想激怒他，让他亲自动手撵我，因为我绝不会自己动腿走出去。我听到他说，他很尊重我父亲，泽卡是他孩子的教父，但他不会允许任何人在自己家里撒野。玛丽亚从她所在之处起身，朝他走去，但随即被那个男人用手背猛地扇了个巴掌，摔倒在地。男人的手异乎寻常，由于劳作和艰苦生活而变得粗大。看到倒在地上的玛丽亚，我的目光变得凶狠起来，那一刻我似乎彻底丢掉了胆怯，我要留下。他上前试图强行把我撵走，我的心怦怦狂跳，感觉体内如晨风掠过般寒冷，但我和我的祖先一样继续岿然不动。不过这不足以阻止阿帕雷西多攥紧我的袖口，想把我拖出去。我抽出藏在身后的刀抵着他的下巴，死死盯着他通红的眼睛，以及他眼中因见我反抗而暴涨的血丝。我右手握刀，象牙冰冷得如同刚从河里捞起来的卵石。玛丽亚被眼前的景象吓了一跳，但她毫不犹豫地再次要求阿帕雷西多离开。她跑进房间收拾了一小包东西，边走边喊，说她再也不会受他的打了，叫他赶紧走，永远别再回来，让孩子们跟她一块过，他们能想办法活下去。刀子就这样抵着他的下巴，我几乎看见他被撕裂的一刻。

他因为愤怒而发红的双眼变得柔和起来，如同一个被丛林游魂吓得连连后退的孩子。阿帕雷西多哭着祈求原谅，他说自己原本不是这样的，酒是他一生的厄运。玛丽亚·卡博克拉趁他表露出脆弱，态度坚决地要他离开。她露出身体的累累伤痕：痊愈的，未愈的，还有新添的。她的愤怒道出了许多心灵久久难愈的痛苦，但她并没有提及这些。这些痛苦处于回忆之中，我们需要用否定的姿态逃离它们，免得让自己陷入沮丧。她说自己不想在那片土地再看见丈夫。两个最小的孩子看到妈妈把衣服扔到门外，祈求道："不要，妈妈，不要赶爸爸走。"然而玛丽亚好像什么也没听见，一直赶男人走，让他永远离开他们，到同他交欢的妓女们家里。他哭着说这间屋子是他的，是他盖了房，是他向主人求来的庇护。但女人似乎很坚决，我也支持她的决定。

后来，他沿着小路跟跟跄跄地走了。我们收拾了屋子，给孩子们做饭。我想照顾玛丽亚·卡博克拉，帮她清理伤口，给她吃的，但她说已经没事了，并且真诚地向我道谢。我离开时感觉很压抑，想到那个在路上漫无目的徘徊的男人，也想到玛丽亚和那一堆孩子需要照顾和喂养。她会变成什么样子？如果他们把她赶出庄园怎么办？如果她的丈夫亲自找苏特里奥谈话呢？我带着这些在我脑海里纠缠不休的事情入睡，想着受伤的、孤独的玛丽亚。我希望她开心起来，下次换我给她梳头，给她编一个辫子，如果她发间的油光允许的话。

我开始拿木薯和土豆过去，收成很好，我刚好能借机每周都去看她。我的确不缺粮食，而且互帮互助是这儿的一贯传统。毕竟我们的父母和玛丽亚·卡博克拉这样的人，以及许多其他人，从遥远的不同地方来到这里，但经过这么长时间，早就亲如一家，我们都是彼此的家人接生的，是对方的干亲、邻居、夫妻、叔姑舅姨和堂表兄弟姐妹。很多人结了婚，是血系上真正的亲戚。那些没结婚的，也被视作亲戚。因此，我们的心告诉自己要分享己物，才能在最困难的情况下生存下来。

几周后，我得知阿帕雷西多回来了。我感到难过，但转念一想，"如果他是孩子们的父亲，早晚会得到宽恕的。"谁知道他是不是改邪归正了？又或者，玛丽亚对他的喜欢是否大过他们之间存在的分歧？她是否在内心深处意识到，在那片土地独自带着这么多孩子更不容易，因为她没法种地，没法养活他们？或许正因如此，因为那天我用血液中流淌的勇气对抗她的丈夫，而她对这件事感到羞耻，于是疏远了我。随着时间流逝，她变得比以前更忧伤，也更孤独。如果她碰到我，会跟我打招呼，但她不再停下来谈论她的生活、她遭受的苦难、丈夫的殴打和家里揭不开锅的困境。我也一样，为了避免无意间伤害或冒犯到她，我不再把自己种的东西拿给她。

有多少人走进我偏僻的茅屋后赞不绝口，说这块地真漂亮，比很多男人的地更大、照顾得更好。他们因看到我独自劳作而倍感惊讶，不禁用眼睛从上到下打量我。如果可以的话，他们甚至会让我和男人们掰手腕，只为知道翻土和耕种的力量是否来自这双手臂，而不是源于人们信仰的祖先灵魂之力。苏特里奥每周雷打不动地过来，把能拿的全拿走。我父亲出于感激，会把最好的留给他带走，而我可不会让他这么干。我把大一些的蔬菜带回家里，留给父母。只是我不会让菜烂在地里，我会心痛，因为觉得这是对土地本身的不尊重。哪怕是用菜喂牲畜，我也乐意，就是不让苏特里奥拿走。这是我的汗水、我的背痛、我手上的老茧和脚上的伤口，而他好像当作自己的东西。

14

　　几年后，比比安娜和塞维罗带着他们的四个孩子搬回庄园。这几年间，他们有时也会回来参加圣塞巴斯蒂昂节和年末的节日。有次他们回来时，我按照承诺为他们的两个孩子洗礼：老大伊纳西奥，已经长得和我差不多高了，还有老三玛丽亚。多明加斯给老二弗洛拉洗礼，泽泽也被选为她的教父。托尼娅婶婶的女儿桑塔为最小的孩子安娜洗礼。她已经三岁了，名字来自我们的奶奶。我的母亲去接生了第二个孩子，并在医院陪同比比安娜生了后两个孩子。他们搬回来那年，第一台电视也抵达了庄园，是达米昂一个在城里工作的孩子送给他的。这是一台黑白电视，有一个灰色匣子，还有几根不太好用的天线，末端套着钢丝球。起初，我们看到的雪花屏比任何图像都多。后来安装了第一个半球形天线，按达米昂有次参加雅雷仪式时给我父亲的说法，是"一个朝向星星的大盘子"。我还记得黑水河居民脸上又惊又喜。我们路径城市或其他地方时，已经见过电视，但是村里从未拥有过一台。它来到达米昂家时我们村还没通电，他们用旧机器的一块电池让它运转，总是需要重新充电。也就是说，我们能看十五天电视，但接下来十五天什么都看不了，直到他家有人进城给电池充满电。从那时起，乡亲们晚上便聚在他家。每当电池用完，我们会听到从耕地、集市和各个角落传来抱怨，直到他们带着再次充好电的电池回来。甚至苏特里奥有时也跛行而来，据说是"来监视的"。有人扎堆儿聊天，其他人要求他们保持安静，还有人趴在窗户上，因为客厅地面已经没有空位。比比安娜说等村里通电了，也给我们爸妈买一台。

在姐姐回来以前，我们又经历了几轮新的洪涝和旱灾，村子的样貌也在慢慢改变。男人们劳作的大片耕地逐年减少。佩肖托家族对于农业生产不再感兴趣，负责指导苏特里奥工作的一个家族兄弟去世了。他去世时年纪已经很大了，孩子们似乎也没兴趣继续管理庄园。旱灾十分严重，庄园不再种植水稻，据说没钱买肥料和种子。唯一繁荣的东西就是我们在洼地的农田、沼泽地、达米昂的电视和雅雷仪式的聚会。我的父亲越来越老，随时间流逝而越发佝偻，头发也慢慢变白，但依然日复一日地劳作，没提过要停下来。他和其他早年来到黑水河拓荒的佃农们都要退休了。苏特里奥亲自指导他们申请福利——他坦言自己也没有工作记录——这是很大的助益，在一定程度上改变了居民的处境。他们把土地税文件的复印件你传我，我传你，这样老人们就能获得从未拥有过的东西，他们会从城里的银行领到微薄的工资，仿佛所有的等待和劳作都是为了这最后一刻。好像他们毫无报酬地工作了这么久，现在才明白他们有权每个月领取工资。他们继续在自己的田里劳作，种植自己吃的食物，很多人依旧在城里的集市上摆摊，但再也没有疲累不堪的包身工作。这种工作剥夺许多人的健康，代表着祖先、祖父母和曾祖父母曾遭受的奴役，以及他们希望能够忘记的束缚。

尽管变化缓慢，庄园主们施加的很多禁令依然有效。钱没有用来改善房屋，房子依然是土做的，我们还是不能建造砖房，但人们开始改善它的内部环境：玉米秆褥子被海绵褥子取代，有床、桌子、椅子、药品、衣服和食物，还有小贩时不时来到我们门前兜售的锅具和床单。

比比安娜成了老师，谈吐不凡，我能看出父亲见到她教孩子们时有多自豪。他曾说希望女儿在黑水河的学校教书，如果有可能的话，他会在雅雷庆典上和市长说，把老师的职位给他女儿。她和塞维罗在我们父母家附近盖了一间房子，就像大多数没有选择走其他路的人结婚时常做的那样。我继续住在圣安东尼奥河附近，但周末同他们一起度过。我喜欢和孩子们待在一起，听塞维罗讲述他如何看待我们在庄园的处境，从中学到新的东西。我的表哥仍然会离开庄园去参加工会会议、运动和集会。我喜欢待在他身边，但会保持一定距离，因为我感觉姐姐对丈夫，甚至对我都有醋意。也许我产生这种印象，是因为每当有女人被塞维罗的演说和他散发

| 歪犁 |

的智慧所吸引、沉醉于他的演说和笑容时，比比安娜都会皱一下眼角。塞维罗好像还是那个年少时曾经让我着迷、让我想要向他看齐的男孩。

每当塞维罗去见那些让他了解佃农们的苦难和工作不稳定性的人，我都会睡在比比安娜家陪她。我的教子伊纳西奥已经是一个大男孩了，有着男子汉的身体，喜欢帮我在家里的后院种地。他会从我或他妈妈的手中接过锄头，在我们的看护之下挖洞、除草烧灰。他和父母一样对书感兴趣。我的教女玛丽亚十分顽皮，总让人瞠目结舌。她把自己悬挂在巴西李树和腰果树上，消失在树林里。她掉下来摔伤胳膊的那天，我想起儿时把我们载到医院的老福特。童年已经远去，但在这样的时刻，却像梦一样回归。我母亲看着外孙女说："这点是随她妈妈，我永远不会忘记你们让我奔向医院所遭遇的事情。"比比安娜有些担心，而我却暗自偷笑，看到生活如同古老的故事般重演是多么有趣。父亲和比比安娜一样担心，他请求不要惩罚这个小姑娘，说他不愿供奉的圣人葛斯默就在小姑娘那里。因为他不愿尊奉圣葛斯默和圣达弥盎[1]，或者供奉时并非心甘情愿，才导致我们姐妹俩童年受难。每当玛丽亚混淆圣人，或者孩子气地爬树、跳窗，像不安分的男孩一样爬到铺了瓦片的主屋屋顶时，他都会让她别这样。

女儿回来那年，是我父母最后一次徒步朝圣。他们要去萨卢的老家耶稣达拉帕[2]还愿，参加节日庆典。这是父母在比比安娜和塞维罗离家时许下的愿望，希望他们俩能回来。我们快到八月才知道这件事，他们要和黑水河以及邻近庄园的佃农们徒步前往目的地。这次朝圣也是为了感谢雨水，尽管它下得越来越少。因此很多居民都踏上了这段旅程，尤其是年长者。他们来回走了十七天，我们所有人都担心朝圣者的安危，尤其是比比安娜。她对还愿感到内疚，害怕如果发生什么，她将带着罪责度过余生。不过他们平安地回来了，虽然被太阳灼伤、疲惫不堪，但却精神焕发，如同前往耶稣达拉帕朝圣后的常态，他们为这段旅途、为拥有徒步的双腿和健康而感谢圣人。他们

1　圣葛斯默和圣达弥盎（São Cosme e São Damião），早期的基督教殉道者，是两个阿拉伯医生，双胞胎兄弟，被视作儿童的保护神。
2　耶稣达拉帕（Bom Jesus da Lapa），巴西巴伊亚州的一个城市。

| 歪犁 |

和往常一样，充满感恩地归来，带着画像、念珠和贡品。虽然回来时肉体衰老了，疼痛会伴随他们几周、几年甚至一辈子，但他们目光如炬，这足以让我们知道这是必须做的。

但这次旅行过后，我的父亲再也不复从前。他的体力在下降。也许就他的年龄而言，这样的长途跋涉过于耗费体力。母亲回来后身体有些许衰退，但大帽子泽卡却虚弱得多。他在祈祷和巫术之间感受柏油路上的阳光，重温把他带到黑水河的路程，或许看到圣人做伴、子孙满堂时的情感，已经让他的身体做好了离别的准备。

15

在生命的最后一年，我父亲违背了有关雅雷宗教本身以及闰年禁令的所有劝告。最初的几个月里，他在女婿和儿子的帮助下建好了新房子的地基、中柱和支架。我们对即将到来的事情心存疑虑，但什么都没有说，以免招致厄运。他在离房子半里格的地方种了一棵菠萝蜜树、新房子门边种了三棵腰果树、后院种了一棵香蕉树，还在通向老屋的小路边种了一棵芒果树。这些年，父亲常说我们不能种植深根性作物，也不能种植咖啡这样的多年生作物。他还说我们闰年不能建造房屋的中柱与内墙，如果前一年都建好了，这年才可以装门、铺砖、粉刷，把房子完工，但地基必须提前打好。然而那年，他没有提及禁令，没有谈到死亡的风险，甚至没说违反禁令是凶兆。在他种下树苗、为建造新屋请求帮助时，也没有人提出质疑。

母亲还试图争论为什么我们不等到明年，尤其是建房子的事情。他只是回答说没必要等。他的意思是，自己口中关于信仰的一切都是迷信，不要拘泥小节，我们的生活就应该这样过。我父亲人生的最后一个冬天常常刮风下雨，我们出嫁后二老独居的那间房子也因此变得破烂不堪。黏土已经松动，露出了支撑前墙的木篱。它像一具腐化的躯体，我们能看到它的骨头，看到房间的深处，因为墙洞和裂缝已经不能遮蔽它的内部。然而一间屋子的内部空间是我们能拥有的全部，它保存着永远不会被揭露的秘密，那些秘密是我们每个人生命的一部分。他没说急于建房的原因，但我们都能感觉得到，父亲的身体每况愈下，如同老屋摇摇欲坠的墙壁。也许那是他在我们身边的最后几个月了。这是意料之中的事，毕竟他年事已高，而且可以肯定，他长眠的时刻即将来临。

我们看见他拖着疲惫的身躯从小路的一边走到另一边，从房屋的一扇门走到另一扇门。与此同时，他天一亮就扛起锄头和麻袋，出门到河边下田，我们又看到他在黎明时分劳作的活力。看见他日复一日保持着同样的劳动状态，把装满玉米的麻袋扛回家、把装满木薯根的布袋拖回家，我们感到些许慰藉。每当他到流淌着黑水的河流中钓鱼，都会给家里捎鱼回来。他还是会很有食欲地吃饭，还是会点燃蜡烛、采集草药、为邻居们准备药品。他没有忘记在圣塞巴斯蒂昂日举办庆典，尽管那些陪伴他一生的祖先灵魂不再附身于他，尽管掌声、歌声和阿塔巴克鼓的鼓声没法再让他的身体敏捷地跳舞，甚至没法让他从椅子上起身。哪怕他的信徒们多如洪泛平原里的灯心草，也无法让他离开椅子，或者对音乐做出反应。米乌达婶婶和渔神圣里塔一起现身，往空中抛洒渔网，但我父亲一直抽着烟斗，眼神空洞。他远远地望着很多东西，就是不看客厅里的舞蹈。来客们很快在房前的空地、回家的路上议论起大帽子泽卡的衰弱，这次庆典之后仍旧议论纷纷。

直到圣若泽节后的一天，我发现他对劳作保留的精力也在

| 歪犁 |

衰退。他起床后点燃烟斗，但不再去田里。他还是同一时间起床，但只是站在门口凝望地平线，凝望他日复一日、年复一年走过的地方，那里有他深爱的一切。他看着自己亲手播种的土地，然后走出门，小心翼翼地靠在院子里的植物间休息。他用手触碰清凉的露珠，那时太阳还没有以它作为祝福或惩罚的巨大能量升起，他把水珠拿到眼前，在指尖揉碎，然后回到屋里，烟头则留在了地上。

母亲萨卢在厨房等他，做了热气腾腾的咖啡和红薯。他坐了下来，但没有碰，任由咖啡变凉，几分钟后一声不吭地回到客厅。母亲和我谈论着天气，而他靠在门边睡着了。她尽量不表露出担心，等我离得远些时，听到她问泽卡是不是哪里不舒服。父亲没有回答，举起老茧分明的左手，用厚重的巴掌做了一个否认的手势。

我锁上圣安东尼奥河畔的房子，时不时收割一下需要收割的东西，然后去父亲的田里干活儿，但我如鲠在喉，有时都喘不上气。住在隔壁屋的比比安娜照旧去她教书的学校，但她会在午饭时间忧心忡忡地回来，还没回她自己家就先去看看他。

母亲照顾外孙，做饭，给院子浇水，打发访客以及为身体和精神疾病前来咨询的人。很难让他们明白，我的父亲很累、已无法照顾别人。我们请他们等他好起来。他大部分时间都在短暂的睡眠中度过，但依然早早醒来，打开门，注视着通向洪泛平原的道路。

我的弟弟要么在他自己的田里，要么和我一起在父亲的田里劳作。他想唤起父亲的兴趣，告诉他辣椒开花了，或者田里的南瓜没种活，但似乎没有任何东西能让他摆脱对世界的疏离。他的动作一天比一天少，直到最后几周开始无法下床。他的瘦削和漠然也改变了母亲的面容。他只提出一个请求：不要把他送到城里的医院。多明加斯试图争辩，我弟弟、比比安娜和塞维罗也是。这一刻，沉默被打破了，所有人都开始讨论该怎么办。救护车可以来接他，但我们不应该违背他的意愿。我手忙脚乱，尽可能地表达自己，但仍旧无法驱散紧张。

前来诊断的医生说他需要紧急就医。他的肺部有积液，呼吸能力微弱，处于脱水和营养不良的状态。整个诊治过程中，他一直紧闭双眼，尽管我们知道他没睡着，而且神志清醒。他

| 歪犁 |

既不说是，也不说不是。比比安娜在房间外和医生说，我们重新商量一下再叫救护车。"但救护车可能要接其他人，正确的做法是现在就把他带走。我们已经走了这么多路，燃油和时间也耗费了。"就这样，我们眼睁睁地看着救护车开走了。

这时，我们试图一起说服他，他应该去医院，我们治不了急性肺水肿。"医生说您需要吸氧。"这一刻他的眼睛依然闭着，但他那张曾判决人们生死的嘴却毫不犹豫地提醒道："我还活着。祭司是我，不是他。"

在某个时刻，他只能保持坐着，否则会被胸口翻涌的液体憋死。有时是多明加斯在床上支撑他，有时是我母亲，但她很快就累了，尽管并不抱怨。比比安娜依然去学校，但她空闲时会来撑着父亲的身体，我也一样。有一次我累得睡着了，醒来时泽泽正把他从我怀里快要窒息的位置扶起来。我没有发现父亲已经从我的手臂滑落，一头栽进我的怀里，而这是他不能停留的姿势。我发现自己的粗心大意差点让他死去，简直急坏了，这些年来第一次当着家人的面，从残缺的嘴里发出呻吟。我哭得痛彻心扉，唯一能安慰我的是母亲的拥抱。这时，似乎所有人都忘了眼前的问题，把我身体那个不由自主的行为视作一切皆可改变的奇迹，我父亲也可以康复，毕竟他们已经将近30年没有听到我嘴里发出任何声音。比比安娜的眼里满是惊讶，如同她看见我被割舌的那天。

到了圣周，父亲已经气若游丝。他喝下我们准备的汤羹，没有抗拒。他仍然处于脱水状态，但我们尊重他留在家里的意愿。周五，我们想给他喝前一天喂给他的红肉汤。母亲说虽然在耶稣受难日不能吃肉，但这比鱼肉更有营养。当她坐在父亲身旁的空菜篮上，给他喂第一口肉汤时，他咬紧了牙齿，似乎把余下的力量全部集中到嘴巴。对我们来说，那是大帽子泽卡仍然把双脚扎根于大地的迹象。

复活节那天，母亲说她感觉清晨有一股强烈的湿冷气流穿过她的房间。她昏昏沉沉地起床，以为忘了关窗户，但看见窗子关着。她点燃油灯，想看看我父亲是否需要什么，却发现他睁着眼睛，尽管脸很平静。他的脸在昏暗的灯光下，是一副被阴影包围的骨头。于是她呼唤孩子们，声音打破了昆虫的歌鸣。泽卡已经走了。

| 歪犁 |

16

　　我听着若泽·阿尔希诺，也就是我父亲大帽子泽卡的故事长大。有的故事是他自己出于热情和意愿讲给他的孩子或信众们听的，但大多数源自我母亲的记忆。母亲在两人相识并接受和他一起生活以前，就听说过他的故事。我从她那里听到了最动人的故事，让我们难以置信。我还是个孩子时，就听过最初几个故事，但我几乎不记得讲了什么。随着年龄增长，哥哥姐姐们开始问自己是怎么来的，大人们回答，我们就听他们畅所欲言。这些故事往往是在我们抱怨家务繁重而遭到训斥时讲的。

"你们经受的还没有你爸爸一半多"，母亲边说边剥开要在集市贩卖的豆荚，"那是很久以前的事情了，比我来到这个庄园还早得多。"我的父亲出生于宣布解放黑奴[1]后大约三十年，但仍旧被他祖父母主人的后代所奴役。我的奶奶多娜娜在卡沙加庄园的甘蔗园里生下儿子若泽·阿尔希诺。他出生在一个泥坑里，因为他们不允许他的妈妈那天停工。我父亲来到这个世界时周围全是妇女，她们和我奶奶一样，在庄园工头的监视下快速收割着甘蔗。多娜娜说他出生时眼睛瞪得很大，头几分钟没哭。她几乎没有力气把他抱到自己胸前吃奶。等他吃饱了，才发出一声啼哭，宣告自己的到来，隔很远都能听见。

在奶奶与不同丈夫所生的十一个孩子里，我父亲是最大的。他们把我们的奶奶唤作大帽子多娜娜，因为她不愿抛弃第一任丈夫的草帽。这任丈夫在我父亲出生前不久就死了，而我奶奶很长时间都无法接受自己的命运。尽管她个子很矮，大家依然能从远处看到她在田里收割甘蔗，因为她决定直到生命最后一刻都戴着这顶帽子。这顶帽子保护她免受烈日灼伤，同时也让别人觉得她

---

1 巴西于一八八八年废除奴隶制。

| 歪犁 |

像个女巫。我们只知道他们都喊她多娜娜，但不知道她父母给她取了什么名字。我母亲只说应该是安娜。她死后没有任何记录，但由于她被葬在维拉桑墓地，也没有人来管这些事。

从多娜娜嘴里几乎听不到什么故事，她念念不忘的只有卡梅莉塔和对美洲豹的恐惧，让人不得其解。是萨卢讲述了她独自生活在卡沙加庄园那些年的事，即便如此，她也只在婆婆去世后才愿意说。这些都是她少女时期听到的故事，那时她离开父母身边，从耶稣达拉帕出发，来到与大帽子多娜娜及其儿子相识的庄园，彼时他们已经是那片土地信仰的一部分。

母亲告诉我，多娜娜还是个小姑娘时，住在看护她的工头家里当女仆。就是在那里，她第一次月经前感觉很不舒服。她不但发烧，而且白天嗜睡，晚上失眠，几乎把所有咽进胃里的东西都吐了出来。她听女主人说自己是被鬼附身，活不了多久了。就在血液顺着她双腿流下的前几天，多娜娜开始看到物体剧烈地晃动，她所经之地的枯灌木丛燃烧起来，甚至晒在晾衣绳上的衣服也像干草一样消失。这家人很害怕，把小姑娘带到卡沙加有名的祭司家，让她住在那里。多娜娜在那里发现没有起风，门窗却砰砰作响，本来供她睡觉的草席也燃烧起来，直到祭司放弃治疗。

这家人长途跋涉，遍访当地有名的祭司。萨卢边从菜园里拾走枯叶边说，"他们整整敲了十六扇门，十六间雅雷之家"，"都是韦利亚高地最有名的祭司。"最后，小姑娘开始接受祖先灵魂附身，以老纳戈最为频繁，家人们被告知另一个世界的问题已经得到解决。祖先灵魂们等着她成年，届时她自己就能成为一名祭司，引导那些需要她力量的灵魂。多娜娜正是在最后一间雅雷之家，在祭司若昂·杜·拉热多身边学会了使用草木和根茎制作糖浆、药物，治疗各种侵入人体的疾病。这些人来自四面八方，从上校[1]到佃农，从住在城里的富家女郎到在丈夫身边务农的农村妇女。

当命运引导丈夫若泽·阿尔希诺来见她时，多娜娜深信不疑自己会荫蔽于他的帽子之下。在他长途跋涉时，这顶帽子曾保护他免受烈日的毒晒。若泽被钻石勘探引发的发财承诺所吸

---

1 上校（coronel），十九世纪末至二十世纪三十年代盘踞于巴西腹地的政治领袖，拥有武装力量，通过选举欺诈等方式获得政治权力，并对管辖区居民实施统治。上校们各自占领地盘，彼此常因土地争端等问题爆发武装冲突和战争。

| 歪犁 |

引，从雷孔卡沃近郊迁徙至韦利亚高地。他一到这个地方，就发现对钻石的欲望已经让这片土地变得打斗不休、匪徒横行。这些团伙由上校领导，以掘金者的鲜血和疯癫为代价致富。于是，这个男人把装着少许东西的袋子和两套换洗衣物放在了多娜娜家里。他决定从事自己向父母学到的东西，他启程之前以及来到韦利亚高地的途中一直以此为生。若泽·阿尔希诺要了一把锄头，展示自己知道如何耕地。他请求在我奶奶生来就被奴役的这间庄园拥有一个住所。奶奶从未试图离开她的监护人，一直都在为填饱肚子劳作。他建造了一间覆盖着灯心草的泥屋，与养大多娜娜的工头交了朋友。随着时间流逝，他说自己不想再独自生活了，他想有个家，还缺个伴。他注意到尽管这个姑娘避免直视他的眼睛，却一直看向他的帽子，便把她带回了家。

就在多娜娜生下我父亲前不久，若泽·阿尔希诺在外出运送甘蔗的途中摔下了马。无论是在主人的华屋，还是在佃农们顶着太阳下田的小路，奶奶的异能再次成为众人口中的谈资，一时间传言四起。我母亲说，多娜娜在邻居的搀扶下慢慢走到发生意外的地方。她看到死去的丈夫躺在地上时没有哭，就像我没有为托比亚斯流一滴眼泪。我俩没流泪的原因或许不同，但在种种事件发生之后，突然得知历史重演，不免让我觉得有些古怪。萨卢说，多娜娜捡起离尸体几步远处掉落的帽子后，就坐着牛车回家了。她把那个给了她家和陪伴的人抱在怀里，头搁在自己腿上。

我奶奶第二次丧偶时，收到了已然年迈的祭司若昂·杜·拉热多的口信：是时候承担起上帝赋予她的义务了。她得侍奉陪伴自己的祖先灵魂，得在她家里治疗来者身体和精神的疾病。她的力量是一种馈赠，应该回报给受苦的人，否则余生将被厄运缠绕，她过往的经历足以证明这一点。

多娜娜没有听从。她做了自己力所能及的事情，身兼药剂师和接生婆，已经为来找她的人做了很多事情。但她不能把雅雷宗教放在她家里，也不能组织庆典、接待病患。她生来不是要过这种又苦又累、望不到头的日子的。"求我是没用的，一句话，我不干。"这是她给传信人的回话。

在这之后不久，或者说按我的理解是这样，快要成年的泽卡开始头痛欲裂。他没法同母亲和兄弟们完成一天的劳作，而

| 歪犁 |

是早早地回家。他手拿犁和锄头翻土时，空中的扬沙覆盖在他的头发和皮肤上，但有时他甚至做不到在河里洗个澡，清理这些尘土。他躺在地上缩成一团，不吃不睡。几天过去，泽卡开始像猎物一样号叫，四处呻吟，眼睛扫视着这个地方和其他人。多娜娜看见她的抵抗已经招致长子的疯癫。"疯子，疯子"，顽童们趴在多娜娜家的窗户上喊道。多娜娜抄起扫帚就出门，还不忘拿上那顶大帽子。

多娜娜用尽各种办法让儿子摆脱巫术——给他喝药根糖浆、带他咨询若昂·杜·拉热多祭司、与其他祭司交流，但所有人都说无能为力，因为她拒绝履行在这片土地的使命，欠了祖先灵魂的债。多娜娜感觉自己无法做出这么大的牺牲，于是她祈祷，夜以继日地点燃蜡烛。许多蜡烛还没燃尽就熄灭了，这意味着她的意愿没有被考虑。最后，她在下田时把儿子锁在家里，让他待在房间，里面没有可能致人死亡的床单被罩，没有水、蜡烛、食物，没有任何可能让他受伤的东西。泽卡在这个没有窗户、黑漆漆的房间待了好几天。

直到有一天，多娜娜回家时发现他已经不在了。

17

倘若我知道，当自己两鬓斑白时，在我思绪中流淌的这一长串回忆会成为对别人有用的东西，当时我就会竭尽所能地书写。我会用集市上卖东西的钱买笔记本，再用萦绕于我脑海的文字填满它们。我会让看见象牙柄刀时的好奇化作对自己未来的期许，因为从我口中可以说出很多故事，它将激励我们的人民与孩子，去改变被地主和城市房主奴役的人生。

当比比安娜再次与我们一起生活，凡是能够从她和塞维罗手里见到的东西，我都会去阅读。我对阅读感到饥渴，甚至把书带到田里，趁休息时在树荫下读。这些我在书里和人们口中听到的故事，如同一团渔网在我脑海中慢慢展开。当我静坐着缝补一件旧衣，或者举起锄头又落下，用它刨坑除根时，正是思想这根纱线在跳跃编织。这种时候，我这个对男人感到愤怒、再也不想和男人睡觉或结婚的人，说不定会再次和男人睡觉，但只为了生孩子，为了让孩子们坐在我身边，听我把这些从未离我而去的故事娓娓道来。也许我会给他们一堆被雨水打湿弄脏或者被飞蛾啃噬的旧笔记本，这样他们就能阅读、能明白我们是怎么来的。

我父亲的葬礼在守灵一天后举行，那些经他之手获得救治的病人都前来悼念这位祭司。大帽子泽卡曾经按手在他们头上，如今，他们屈身为他的灵魂虔诚祈祷。每个人都有一个关于疯癫、酗酒、邪咒和恶眼[1]的故事，他们讲述的所有事情都汇入那天笼罩着庄园的澎湃情感之中。那是一个安静的清晨，我和母亲姐妹轮流在厨房准备柠檬草茶，安抚哭泣的人们。那间摇

---

1 恶眼（mau-olhado）：也称邪眼、恶魔之眼，是部分地区民间文化中存在的一种迷信力量。恶眼由他人的妒忌或厌恶而生，可带来厄运或者伤病。

摇欲坠的房屋，此刻庇护着我父亲生前接待的人。正是在那里，父亲把身体借给祖先灵魂，让他们跳舞、行医、唤起尊重和宽容，并把邻里组织起来。我听见交谈的声音，每个人都在讲述他们和泽卡的故事，每个人都在回忆为什么黑水河会思念他。和萨卢关系最亲近的女人们来到厨房，问她是否需要帮助。她们在那里放了一包捣碎的咖啡，一包糖，还有她们家的热水瓶，并把热饮端上客厅。时间过得越久，人们从越远的地方赶来。他们有的乘车，有的骑马，有的坐牛车，大部分步行而来，打着遮阳伞。"这太阳差点要了我的老命！"米乌达婶婶进我们家门时喊道，"保重啊，我的干亲家，愿上帝宽慰你。"

在人们的低语和谈话声之间，我听见苍蝇的嗡嗡声不绝于耳。站在棺材旁边时，我得亲自驱赶这些飞虫。每当我回想起那一天，苍蝇和谈话交织的声音总会浮现在我的脑海里，这种声音和我在为托比亚斯守灵那天听到的一样。邻居和亲戚们都保持安静，取下帽子，把它们降至肚脐的高度，他们只会偶尔低声说些我听不清的话。

就像在期待一件好消息，我走近棺材，把小花拢在他的身上，仿佛一张覆盖着他的白色尘毯。我看见他的手由于劳作变得又糙又厚，好像戴了很多层皮手套，上面还有老茧。这双大手并不相称，因为我看见他干枯的手臂骨瘦如柴。我感觉玛丽亚·卡博克拉挽着我的手臂支撑我，却说不出一句安慰我的话。守完一整夜之后，我们滤好咖啡，戴上头巾，随送葬队伍前往维拉桑。那是庄园的墓地，多娜娜和托比亚斯在那里，没能在分娩中存活的孩子们在那里，陪伴我们许多家庭的痛苦和回忆在那里，死于疾病、劳累、巫术或据说是上帝旨意的人也在那里。坟已经挖好，边上堆着一堆土，祈祷过后会被抛撒在棺材上。

18

多娜娜经常担心有人上门说发现她儿子死了。自从奶奶到家发现门被撞破已经过去许多天，而我父亲消失得无影无踪。

那段时间，奶奶很难继续种田，便暂停了工作，让其他孩子到小路上分头寻找哥哥。她自己用砍刀开道，在森林里前进。她呼唤泽卡——想重复全名时就喊若泽·阿尔希诺——或者屏住呼吸，以便在寂静中获悉他的位置。他们晚上在家里碰头，借着蜡烛和油灯的光线交谈：有人在河岸附近看见了脚印；有个远离农场围栏的女人说见过泽卡，但不确定，因为看不太清，

| 歪犁 |

但如果她没有弄错的话，那人就是发疯的泽卡；有人说森林里有一头蠢蠢欲动的美洲豹，他可能藏身在豹子那里；还有人说自家院里的鸡蛋和水果被偷了，要么就是衣服从晾衣架上消失了。

那些日子里，时间似乎停滞了，消息来得很慢。太阳没有按往常的步伐爬上天空，黑夜似乎很漫长。这时，多娜娜其中一个儿子跑回家，说很远的皮耶达德庄园有一位牧牛人，远远地看见过一个没穿衣服遮羞的年轻黑人，生活在森林中央的一棵李叶豆树下。这片森林叫不出名字，位于皮耶达德和另一个庄园的交界处。我的奶奶把卡梅莉塔和其他年幼的孩子留下，告知工头她得去看看是不是她儿子，然后带着年纪大点儿的孩子一同前往这个地方。她不知道要走多长时间，带了谷粉、粗糖和木薯饼给孩子们充饥。

他们沿路一直走到皮耶达德，放牛人说已经有一阵子没见过这个人了，但"女士，这事儿不太对劲。他睡在李叶豆树下，旁边有一头温和的豹子，根本不伤害他"。他说这头豹子仿佛着了魔，因为它围着这人绕来绕去，好像在保护自己的幼崽，而这人不说话，默默蜷缩在角落里。这头豹子也是多娜娜后来在弗斯科眼里看到的那头。

如果在路上碰到有人在小屋中烹饪食材，我奶奶也会求一点木薯粉给孩子们充饥。她和孩子们在李叶豆树下搭了棚子落脚。她收集掉落的果子，也收集李叶豆做饼。这种饼曾经为她的祖先充饥，也将会为她的后代果腹。在这个她为夜间庇护孩子而搭建的棚屋里，她几乎一刻也没有睡着，被豹子的故事吓得胆战心惊。

彻夜难眠后的一个黎明，她听见不远处传来树叶的沙沙声，这意味着儿子可能在附近窥探。多娜娜从草席上起身，呼唤长子的名字。孩子们都睡着了，她便让这声音引导自己穿过林间小路。她发现了一个水坑，一大群萤火虫在镜子般的水面附近闹哄哄地飞舞。一只四肢着地的动物正把头埋进泥里喝水。然而随着夜色消散，奶奶发现那只四肢着地的野生动物正是她失踪数月的儿子。她呼唤"若泽·阿尔希诺""泽卡"，但他钻进树林里，在荆棘和枯枝间爬行，消失在卡廷加荒地最封闭的地方。多娜娜耕作的力气比很多男人都大，她知道如何在不惊动工头和邻居的情况下缓步前行，于是悄悄钻进树林，发现了泽卡。他瞪大双眼，露出牙齿，一动不动。多娜娜祈祷，请求森林里祖先灵魂的许可，然后如同捆小牛一般用绳子捆住儿子。他赤裸而肮脏的身体布满长长的伤口，比貒猪的气味还重。多娜娜用一条毯子裹住他赤裸的身体，紧紧捆住此时正大喊大叫的泽卡的双手，然后叫上孩子们一起回到卡沙加，临走时没有推倒棚屋，还留下了剩余的李叶豆饼。

路程走到一半，他们来到了若昂·杜·拉热多的家。"他为我背负了重担，"老人开门时她说，"因为我不服从、不退让。我反抗，所以圣人们惩罚了我。"老若昂·杜·拉热多的邻居们围了过来，因为泽卡如同一条想要逃跑的狗般不停号叫。"治好我的儿子，干亲家。治好我的儿子。如果他必须背负我的重担成为祭司，那也只能如此。"说罢，她转身和孩子们回家。

19

之后很长一段时间，那都是维拉桑墓地的最后一次下葬，不是没有人去世，而是因为在我父亲死后几个月，庄园被卖掉了。佩肖托家族的继承人们年事已高，而他们的儿孙不想再继续经营黑水河的产业。年长的人认识我们，而年轻人根本不知道我们是谁，不过可以肯定，我们是他们做生意的绊脚石。他们把这块地卖给了一对有两个孩子的夫妻，连同泥屋和我们的身体作为家具附赠。我们习惯了长期作为佩肖托家族的所有物，对这种变化感到惊讶，不知道今后会发生什么。天真的人认为

| 歪犁 |

一切照旧，多疑的人担心即将面对的情况，也许会被驱逐。我们知道庄园至少在佃农们的先驱达米昂到来时就已经存在，也就是一九三二年大旱期间。佩肖托家族根据农用地分配制[1]继承了土地，甚至连上帝都无法解释这些事情是如何发生的，但塞维罗挨家挨户，从学校到小路再到田间，以一种让人们听得入神的方式讲述出来。接着，大家开始思考，互相交流，慢慢复原了来到此地前各家的故事。后来，我试图集中精力，学习塞维罗讲述的东西。他说一位白人殖民者接受王国的赠礼来到这里，与另一位有名有姓、来到此地的白人瓜分了一切。印第安人遭到驱逐、杀害或被迫为这些地主劳作。后来，黑人从很远的地方到来，在印第安人的土地上劳作。我们的祖先不知道如何回到故土，便留了下来。这些庄园渐渐停止生产，因为主人们已经年迈，而他们的孩子对农务不感兴趣，毕竟在城里当医生律师赚得更多。当他们沿着庄园边界圈起我们的土地时，我们说自己是印第安人。因为我们知道即使不被尊重，也有法

1　农用地分配制（sesmaria），源自葡萄牙的农业用地分配及管理制度，殖民时期进行本土化调整后应用于巴西。

律规定禁止掠夺印第安人的土地，也因为他们同我们相互混杂，往来流窜，失去了自己的村庄。

有人说，早在我们之前，就有许多人随着发现钻石矿的消息来到这里，发现钻石的人甚至是我们的一位祖先。据说他从塞拉诺河里找到这些本属于他的石头，但别人想要抢走。为了从他手里夺走宝石，他们甚至指控他杀死了一位来自米纳斯吉拉斯州的旅者。为了保命，他不得不说出是在哪里找到了宝石。有人说，这人只是钻石的倒卖者，发现钻石的是所谓普拉多先生的奴隶们。还有人说，第一颗钻石是一个来自米纳斯的人发现的。不过众人无可非议的是，这个消息为内陆带来了更多奴隶、自由工人、外国领事馆和矿工公司，全都想挖走山脉里的钻石。我们还知道这里血流成河，有人受制于宝石的召唤、疯狂和魔力，有人难以自拔地寻找光芒，陷入疯癫，有人财迷心窍，死于非命，更多人被无情地杀害。这片土地经历了很多年上校战争。为了挖矿，他们从省城周边、每况愈下的甘蔗种植园，还有吉拉斯州的金矿调来了很多奴隶。据说一位来自非洲奥约帝国的国王之孙也出生在这里，他是一位钻石矿工的儿子，

| 歪犁 |

在落入不幸之前，是这位末代帝王的后代。

这么多年来，我们出生并生活在淘金潮的阴影之下，无论是在童年的游戏里，别人教我们辨别任何可能与贪婪之石相似的石头，还是听到许许多多故事，关于统治本地的上校以及钻石所在山脉发生的战争。据说，人们为了避免在伏击中丧生，必须时不时中断辗转于各地的路程。我们生活的庄园和自身的来历都烙刻着这种生死阴谋的印迹，而这种阴谋在韦利亚高地已经存在了数十年。如果我们是某个庄园的居民，便能畅通无阻地通行。如果我们的主人是某个上校的敌人，居民们也要承受暴力的风险。这便是我们所听到的事情。恐惧跨越了时间，一直是我们历史的一部分。

这是害怕从地上被连根拔除的恐惧，是无法抵抗长途跋涉和漂洋过海的恐惧，是对惩罚、劳作、烈日和那些人灵魂的恐惧，是对行走、得罪人和存在的恐惧。害怕他们不喜欢你，不喜欢你做的事情、你的体味、头发和肤色，害怕他们不喜欢你的孩子、歌谣和你们之间的兄弟情谊。无论我们走到哪里，都能找到亲戚，我们从不孤单。如果我们不是亲戚，就结成亲戚。

互帮互助让我们得以适应，并建立这种兄弟情谊，即便我们是那些想要削弱我们之人的监视目标。这也是他们传播恐惧的原因。我见塞维罗讲述过很多次，从中捕捉他说的每个字，保存在我的思想里。

这是他对我们说的，而人们也讲述自己的人生故事来帮忙：在某个时期，钻石不再吸引那么多人，只剩下黑水河以丰沛水源和广袤平原著称的土地。这个世界位于两条河流之间。河水在周围奔腾，流向四面八方，在韦利亚高地的中心形成一个岛屿。在我们所知的几乎所有干旱年份里，都有许多佃农跋涉至此寻求住所。要么是庄园的主管带来的，要么由已经住在那里的人请求自己的兄弟姐妹或亲戚过来，其他人则靠自己的双脚来到这里，在庄园主的许可下加入众人的行列。

许多年来，这个庄园是腹地水源丰沛、物产丰饶的福地。现在，新主人在沼泽地旁建起一座漂亮气派的房子，在苏特里奥退休后又派来一位新的主管，还说我们不能再往维拉桑埋葬任何人。他说这样是对森林和大自然的犯罪，因为墓地离河床很近。城里有个公墓，市政府保证会把死者转移到城里。

年轻人认为把死者埋在城里还是维拉桑没有太大区别，但对老一辈来说，这项禁令是一种冒犯。据说维拉桑墓地已经存在超过两百年了。女人们交谈时说，当她们离开人世，被人抬出家门时，必须要葬在维拉桑。没有什么禁令，也没有商量的余地，她们不会葬在别处。她们不会放弃与父母和干亲同葬的归宿，她们想围在干亲泽卡的身边。泽卡就葬在那片旱地的正中央，那里一半被一米高的墙壁环绕，另一半被卡廷加荒地包围。"我走之后只葬在维拉桑。"在他们宣布禁令的那些日子里，这是我听到最多的一句话。

　　幸运的是，第一年没有人死去，但对于接下来要发生的事，也没有人能够平静下来。相比于死本身，那个消息更关乎我们的生。如果我们不能在维拉桑埋葬死者，那是因为很快，我们也不能在那片土地上生活。

20

数月过去了,泽卡终于治好了疯病。多娜娜每天都会到若昂·杜·拉热多家,帮忙给儿子服用药汤、祈祷、清洁身体。随着时间流逝,他慢慢恢复了以往的生活,尽管他内心的某些东西显然已经永远改变了。他的眼里不再有纯真,瘦弱的肩膀压着一份重担。他专注而饶有兴趣地参与祭司屋内的仪式活动,精细地学习仪式和戒律,帮忙组织庆典,在颂歌时召唤祖先灵魂。他能够轻松地辨认出现的祖先,进而改变唱歌的节奏。他知道以什么速度敲击阿塔巴克鼓,这取决于他想刺激还是安抚

| 歪犁 |

这些灵魂。在庆典上，他明白祖先灵魂应该以什么顺序出现，偶尔发生变动也处变不惊。

渐渐地，他和母亲回到田间，但仍旧住在祭司家。泽卡日出前就和多娜娜、两个最大的弟弟一起出门到甘蔗田里，但他没有忘记祷告、点燃蜡烛，也没有忘记在夜幕降临时回到若昂·杜·拉热多家。

当若昂·杜·拉热多认为泽卡准备好了——他已经可以辨别来到老祭司家的人有何疾病，也懂得分娩的原理，了解牲畜庄稼的存活与死亡——他便离开了祭司家，不过仍旧参加仪式活动。他回到卡沙加和母亲一起劳作，收割庄稼，辨认森林里的草药，为各类疾病准备药膏和药水。

然而随着时间推移，他萌生了迁徙到别处的想法。他想到其他地方寻找工作，因为卡沙加庄园的农田开始面临新一轮干旱。高仙人掌没有在预期时间开花，卡廷加植被也绿意不再。人们不得不到更远的地方寻找水源，水坑也慢慢干涸。庄园开始武装居民，以免剩余的存水被陌生人拿走。河流的水位越来越低，再也找不到雨季时那么多的鱼了。在他成年的最初几年里，一直生活在这样充满敌意的环境中，在一个缺水的地方，最不缺的就是暴力。与此同时，一些旅行者经过此地，他们正前往有水源、也需要佃农的地方。

我不知道关于黑水河的消息是什么时候传来的，应该是在他抽掉一根根卷烟时，在他下田收集草药、为恶眼邪咒祈祷时，在一扇扇窗前经过、马儿掀起卡沙加旱地的尘土时。我不知道人们从什么时候开始谈论那里渔产丰富，种植水稻，有大量棕榈和曲叶矛榈，乌廷加河与圣安东尼奥河交汇处还有一大片明镜般的湖泊。据说庄园主不介意收容更多的人，他们只希望来者能工作，不抱怨辛苦。他们想要那些能从日出干到日落，日复一日挥洒汗水的人，想要那些浇灌菜园，把庄园的土地变成财富，不怕在收割时伤到手的人。

作为交换，可以用黏土和香蒲搭建一间棚屋，而它会随着时间、雨蚀和日晒倒塌。这间住宅永远不会成为勾起后代野心的长久房产，必要时可以轻易拆除。"可以劳作，"他们在卡沙加的土地上朝圣时说，"可以劳作，但按照法律，这片土地属于这个家族。自帝国的土地法颁布以来，土地的主人众所周

| 歪犁 |

知，无可争议。"无论谁来到这里，都是外来者。他可以占地、耕种，把这块地变成自己的住所，可以给院子围上栅栏，闲暇时在平原耕种，可以靠地吃饭、生活，但必须服从和感恩地主。

旅者和干亲们捎来了远方亲戚的消息，大帽子泽卡同他们交谈，探查一番后决定离开。这天到来时，他告诉母亲自己要走了。多娜娜感到她疲惫的眼睛正涌出泪水。"请别哭，妈妈。"我的奶奶从脖子上取下十字架项链，套在儿子头上。"老纳戈会陪伴我的，妈妈。"他穿上自家女性，也就是妈妈和妹妹缝制的衣服，说如果此刻启程，第二天就能到黑水河。"愿干亲和向导们陪伴你，"这些话轻轻掠过多娜娜的嘴边，"愿塞特-塞拉、伊安萨、米内罗、马里涅罗、纳达多尔、圣葛斯默和圣达弥盎、水神母亲、图皮南巴、通巴-莫罗、奥舒西、庞博罗舒和纳南[1]陪伴你。"

泽卡日出前便出发了。鸟儿们哗啦啦地从一边飞到另一边，在飞行和停歇的间隙播撒好运。多娜娜在她闲时编织的草袋里放了一块腌肉、一罐木薯粉和一小瓶蜂蜜，让泽卡路上吃。也

1　这些均为雅雷宗教的祖先灵魂。

许他想亲吻一下母亲的脸颊和妹妹的额头，给弟弟们一个拥抱。"保重，我的妈妈。我会让回这边的人传来消息，传来好消息。我会回来找你，妈妈，让你生活在我身边。"多娜娜擦了擦眼泪："我说了好多遍了，愿上帝与你同在。"

他背着草袋，里面装着食物、几件衣服、卷烟的纸、一把缺齿的梳子和一个生锈的剃须刀。他沿路走了一天一夜，终于抵达了黑水河，这个他将度过余生的地方。

21

　　有一天，弟弟泽泽问父亲，"寄人篱下"是什么意思？为什么我们在那里出生、一辈子工作，却不是那片土地的主人？为什么佩肖托家族不住在庄园，却被称作主人？既然我们靠土地为生，在这里播撒种子，收割粮食，获取食物，为什么我们不把那片土地变成自己的？

　　那一天永远存活在我的记忆里，哪怕我慢慢变老，它也不会被遗忘，不会远去。阳光无比炙热，但凡我视线所及，都是白晃晃一片，反射出无云天空的强烈光线。父亲摘下帽子，热浪令他满头大汗，顺着额头和太阳穴流下。汗珠顺着他的手臂前侧滴落，给他破旧的汗衫染上了大片污渍。泥巴沾在他的裤子、锄头、手臂和手里的大帽子上。我正把玉米和食物残渣扔给母鸡。"寄人篱下就是你不知道去哪儿，来的地方又没有工作，没地方给你饭吃，"父亲眯起眼睛，看向脚前的土坑，"所以你要问有工位又招工的人'您能不能给我一间住所'。"他很快抬起眼睛，看向我弟弟："多干活，少想这些有的没的。不是你的就别惦记。"他把锄头立在土里，双臂挂着锄头柄的顶端，"土地文件不会给你更多玉米，也不会给你豆子，不会往我们桌上放吃的。"他从口袋里取出纸和烟草，开始卷烟，"你看到那儿的一大片地了吗？是个人都贪心，都惦记，但你不可能耕种得完，不是吗？你只能耕我们的这点地。这块地长着灌木、荆棘、曲叶矛榈和棕榈。不耕种，它什么都不是，一文不值。它对那些不种地、不刨坑、不知道怎么播种和收获的人来说可能值钱，但对我们这样的人来说，只有耕种才有价值，否则它什么都不是。"

泽泽没有明白这些话，便埋头干活。父亲没有提到塞维罗，

| 歪犁 |

但知道他在和庄园居民交谈，向他们讲述工会、权利和法律，把这些谈话带到了田间地头。他也知道这件事应该已经传到了苏特里奥的耳朵里。出于对父亲的尊重，泽泽没有再当他面说过这件事，但他时不时会提起，只是没有细想。他还是会问这些问题，表露自己的想法，但没有发表意见。他从长者那里听到了泽卡所辩护的相同观点，但年轻人认为他的发问是有意义的，他们的父母、祖父母死时什么东西都没有。他们唯一有权拥有的、任何人都拿不走的一块地，就是维拉桑一方小小的坟墓。向庄园主讨要税收或土地文件以便退休，往往会蒙受羞辱。那些人总喜欢让人交这交那，人家都快退休了，还要无偿工作。有时都到了领取救济金的那天，佃农们却因为材料不全而没领到。

除了欠庄园主的劳动债务，他们没法给子孙留下任何东西，传下来的房子也几乎总是破旧不堪，需要立马重建。最早一批佃农不会这样想，又或者他们急于稳住和庄园主的和谐关系，压制了这样的想法，或者因为他们对受到庇护心怀感恩，而后辈则没有感激之情，也许是因为他们在这个地方出生、长大。

年轻人开始认为自己比任何一个在文件上署名的人都更有资格成为土地的主人，那些人让主管替他们讨价还价，最终签署时总是佃农吃亏。

尽管弟弟避免在父亲面前谈起，但他对这事儿刨根问底。他跟在塞维罗后头，奔走于一个又一个宣传工作，吸引居民的关注。"我们不能再这样生活。我们有权利获得土地。我们是逃奴的后代。"这是一种对自由的渴望，它不断增长，几乎占据了我们的一切。一年年过去，这种渴望开始让同屋的父母和孩子相互对立。一些年轻人向往城里的生活，不想再待在庄园。迁徙比以往变多，那时我们会借助畜力去往其他地方——城市和邻村。穿行于旅者和商人之间的城市生活是诱人的。而他们做出这一决定的重要原因，恰恰是他们不想再像我们一样，一代又一代为庄园主打工。泽泽想告诉父亲，我们关心的不只是住所，我们也不是忘恩负义。"他们才是白眼狼，听说他们想卖掉庄园，根本没考虑过我们。"他对我和多明加斯说。"我们想为自己的工作做主。我们想自己决定在除小院外的土地种什么、收获什么。我们想照料生养我们的土地，这块靠我们家庭的劳作才有产出的土地。"塞维罗在路边菠萝蜜树下的一轮交谈中补充道。

然而，寻求自由的愿望最终毒害了我们的家园。

22

　　他走了一天一夜，在日出前抵达了一个房屋建在贫瘠台地上的村落。眼前的耕地在地平线上排开，牛群经过，一些放牛人骑马跟在后面。他还记得那天的风和久久不散的一团尘土。他得跟上他们。这时，一个掉队落单的牧牛人盯着他。泽卡握着脖子上的十字架，缓缓前行。从太阳的位置来看，应该是次日早晨六点，他以颂歌开始了这一天。

　　他的脚很痛，因为整宿没有休息。他害怕进入陌生的森林。虽然祖先灵魂与他同在，但危险依然环伺。或许是自己的向导

| 歪犁 |

给了他沐浴于夜色中的恐惧，让他对危险保持警惕？谁知道这种恐惧不会让他安全抵达目的地？祖先灵魂在前面开路，而他感到沿途的危险都被驱散了，无论是蛇、貓猪、豹子，还是上校及其帮派，又或是对土地和钻石的贪欲。上帝是最大的向导，注视着他，引导着祖先灵魂。

老纳戈跟在后面，在旅途尾声慢慢向他靠近。老人拄着拐杖，身体佝偻，头戴白帽，手拿烟斗。自从泽卡在卡沙加治愈了心灵的干扰，便感觉老纳戈在靠近，感觉他的触碰与知识如斗篷般环绕。但并非只有他们两人，还有不断前进的米内罗[1]，全身白衣的费达尔戈[2]。米内罗与米纳斯吉拉斯州[3]的民众一同前来，他在此留下，因为他理解矿地的居民。白葡萄酒不能省，白色卷烟也不能省。在有人将受疯癫之苦时，他会做出提醒。

奥舒西[4]是猎手，是他告诉泽卡往森林的什么方向前进，让泽卡脱离危险、远离毒蛇，也是他迷惑猎物，让泽卡能在新

---

1 米内罗（Mineiro），雅雷宗教的祖先灵魂，该词原意为"矿工"。
2 费达尔戈（Fidalgo），雅雷宗教的祖先灵魂。
3 米纳斯吉拉斯州（Minas Gerais），位于巴西东南部，盛产贵金属与矿石，"米纳斯"即为矿石之意。
4 奥舒西（Oxóssi），雅雷宗教的祖先灵魂。

的住处捉住它们果腹。泽卡母亲给他的那块腹地腌肉足以支撑他抵达终点，但即便如此，奥舒西也不让他独自前行。他穿行于天地和喧闹的鸟群之间，穿行于泽卡采作药用并放入编织袋的草叶和树根之间。

水神母亲引导泽卡穿越淡水流域，为他解渴。当他走下种植园和牛群所在道路之间的台地，进入一条据说通往庄园的小径时，她便出现了。她在树木的绿叶和躯干之间、在荆棘和弯曲的树枝之间不断现身。她奔跑、出现又消失，双脚与清澈的黑水河融为一体。这条河本身即为一条路，是对目的地生命的承诺。河水奔流不息，仿佛从远方而来，洗涤他的双脚，祝福他的到来。那团风没有离开地面，它形成旋涡攀升，将尘土抛进他的眼睛。他和水神母亲似乎奔走于同一条道路，水神告诉他，这里有耕种和收获所需的土地与水源，等待着他和即将到来的人。那团风先于所有人在前，当泽卡走进村子时，它从地面蹿起，令放牛人和牛群睁不开眼，泽卡也捂住了眼睛。它又拖动地面的枯叶，将它们抛上天空，接着如鞭子般甩向泽卡的身体，使他路上保持清醒。

那一天，他想起了那些别人告诉他但他自己想不起来的事情。他在一头美洲豹附近睡了好几周，豹子没有在意他在林中的动向。他吃树上掉下来的果子，用牙齿撕碎小鸟和活鱼，任鲜血在嘴里流淌。他想起农田和为地主劳作的记忆、寡母在甘蔗种植园里生下他的故事、她拒绝承担祭司职责的抵抗。他想起正值青春年华的妹妹卡梅莉塔，她亲手缝补汗衫、编织曲叶矛榈秆，想起依然年幼的弟弟妹妹们帮母亲和卡梅莉塔浇灌小院。

　　他想起了这一切，还想到如果黑水河有土地，他们也给他建屋种地的权利，如果他有一个物产丰足的小院，还有用于浇灌的水源，如果附近有一条河，能给餐桌添点鱼，他会回去找母亲和弟弟妹妹。他会为卡梅莉塔找一个正直勤劳的丈夫。如果遇见一个正直的姑娘，他也会把她带回家，他们会生儿育女。如果祖先灵魂来了，他会为他们举行仪式，还会为有需要的人祈祷、制药。

　　就这样，他带着自己拥有的记忆和故事，带着腌肉干和土蜂蜜，在祖先灵魂的陪伴下走了一天一夜。就这样，他找到了庄园的一个放牛人，那时已经风尘仆仆，疲惫不堪。

"这里是黑水河吗？"

"是的。谁派你来的？"

"没人派我来，我是来找工作的。我年轻，干活儿有力气，有双种田的巧手。我会祈祷，还知道怎么给牲畜治病。"

"那你能留下。有人来也有人离开，我们确实缺人手。我给你一张字条，你拿去给一个叫达米昂的黑人，他就住在那条路的尽头。你叫什么来着？"

"若泽·阿尔希诺·达席尔瓦，不过你可以叫我大帽子泽卡。"

这人拿起一支铅笔和一张皱巴巴的牛皮纸，写下泽卡看不懂的东西，但他的话萦绕在泽卡耳畔："找达米昂，他会告诉你怎么做。"泽卡把纸折叠起来以免丢失，仿佛在保管一份文件，然后沿着小路去找人。

| 歪犁 |

23

"干亲家，你得把你父亲的按手从头上收回，找另一位祭司为你按手。"托尼娅婶婶的女儿们对我说。接着，克里斯皮纳和克里斯皮尼亚纳也过来说了同样的话。最后是玛丽亚·卡博克拉。自从父亲生病，我一直住在老房子里，她经过老屋门前也对我这样说。我并不在乎她们对我说的事情。这是我自己的父亲在庄园终其一生传播的信仰，但对我来说已经没有任何意义。我怎么能把父亲的按手从我头上移开？父亲离开了，他的按手也是。即便我想严格遵从这些信仰，也依然不会把他的按手从我头上移开。大帽子泽卡是我父亲，是这片土地的向导，是他造就了我。他的信徒们每天都在周边寻找有名的雅雷房屋，以便把他的按手从自己头上收回。他们害怕被判决死亡。我什么都不害怕，不怕托比亚斯的野蛮，更不怕阿帕雷西多朝我逼近。我不怕活人，也不会怕死人。她们甚至哭着来到我门前，说这样我会死的。"你们随贝洛尼西娅去吧。如果她不愿意，她是不会做的。真心感谢，你们就照顾好自己的生活吧。"萨卢不止一次这样说，直到时间流逝，她们似乎淡忘了。"如果疏忽大意的话，"我想，"你们有可能会走在我前面。"如果她们真的走在我前面，那该有多可笑。

我母亲郁郁寡欢，有很长一段时间没法下地干活。她还开始喝甘蔗烧酒，甚至没到正午就喝。这未免奇怪，因为我从没见过她在庆典或仪式上喝酒。我把烧酒瓶藏了起来，但她到了集市会想办法把它们偷偷混进其他杂货里带回来。母亲从未如此豪饮贪杯，喝完就坐在椅子上呼呼大睡，直到打鼾。她忘记放在火上的食物，似乎也不愿意和孙子们说话。在为数不多有所节制的时候，她会拿起父亲的旧物什说，"看看他留下了什

歪犁

么"，或者"他不能丢下这些撒手不管"。每当有人因为习惯了泽卡给他们治病而请她帮忙解决一些问题时，这些回忆都会将她占据。她说自己不是祭司，无能为力。"我不会掺和我不懂的事情，"她一边给灶台里的柴火通风，一边对多明加斯说，"我生来没有异能。"

父亲始建的房屋处于停滞状态，就这样过了几个月，没人愿意继续，他们觉得没有得到批准。母亲看着这间屋子周围开始杂草丛生，跺着脚说："我要拆了那间屋子，我不愿再离开老屋了。""老屋已经快散架了，"比比安娜提醒道，"或许我们应该建个新的，这样就能尽快搬家。"而母亲已经失去了做出任何改变的欲望，她坚持自己的意愿："谁都别管了，就让时间来处置吧。"

随着日照越来越长，新一轮干旱开始了。萨卢病了，一整天都下不了床，烧得厉害。托尼娅婶婶来看望她，两人在房间里低声交谈。第二天，母亲对我说她要去卡舒埃拉一趟，她沉迷饮酒是因为没有对祖先灵魂尽到应尽的义务，而那是我父亲遗留下来的。托尼娅婶婶会陪她一起去。她那时认为，她得把丈夫的按手从自己的头上收回了。她启程寻找祭司，而我独自留在家里。我又开始种田，想让事情回到原来的样子。我想，在纪念父亲的各种方式中，不那么痛苦的唯有继续劳作。我和弟弟一起下田，事实上，我犁地、耕种、收割、修补栅栏，都是在治愈对他的思念，就像治愈自己离家和托比亚斯生活的悲伤。在圣安东尼奥河畔，也是这些事情支撑着成为寡妇的我。正是这些在我手里重生的事物，让我思考没有了父亲的领导，我们将何去何从，没有了长久以来存在于我们之间的祖先灵魂之力，一切会变成什么样子。

　　萨卢在卡舒埃拉之行后终于回到了庄园，她说自己要完成房屋的建设，还说自己再也不会沾酒。这个决定让人松了一口气。父亲遗留的未完工建筑很快就建好了。我们清除了地上长出的杂草，为搬家做好了一切准备。那位在卡舒埃拉为我母亲提供治疗的祭司来到了黑水河，指导我们搬家。这间老屋里曾经住着一位强大的人，他在生者和死者的世界之间调动能量，运转或好或坏的情绪，疗愈土地和居民，召唤自然的魂灵。所以他所经历的一切、他信仰世界的所有运动，都在那个空间徘

　　　　　│　歪犁　│

徊，需要被引至一处归宿。老屋将被拆除。他们卸掉门窗，取下覆盖屋顶的灯心草。祭司用草叶拍打墙壁，唱诵我们从未在雅雷仪式听过的歌谣。

这位老者问道："萨卢斯蒂亚娜夫人，如果这间房屋有某些能量，您想要得到它们并追随亡夫的命运吗？""不想。"她毫不犹豫地回答，眼神坚定地看着祭司的行为。"那么我可以占据它吗？"他站在我母亲身边，将草叶悬在半空。"可以。"她回答。

老人没有再碰任何一面墙壁，也没有带走任何支架。时间负责拆毁老屋。不再庇护我们的生活之后，似乎迅速衰败便成为它自身属性的要求。每下一场大雨，就有一面墙倒塌，最后，大风为这场斗争收尾。土墙的泥土来自黑水河的土地，又重归土地。在圣人的意愿下，天空下起了毛毛细雨和大雨，细碎的小草小花在潮湿中诞生。我留意着发生的一切，知道没有任何东西会恢复原样了。看到时间前进着，如同一匹难以驯服的烈马，我感到目眩神迷。

24

　　塞维罗在路上昂首阔步地前进，在演说中大声疾呼，直面
新主人和工头。身处这场在我们生活中似乎愈演愈烈的运动之
中，塞维罗自己正发生改变，他也在慢慢塑造着黑水河，使它
变得和以往不同。大帽子泽卡在世时，塞维罗尊重他的意愿，
没有同收容我们的人正面对抗。在泽卡看来，对庄园土地的归
属权提出异议乃是忘恩负义之举。正因如此，塞维罗明白他不
能和我的父亲，也就是他的姑父兼岳父争吵，这是不尊重我父
亲在人民心目中的意义。大帽子泽卡多年来一直是人们的领袖，

　　　　　　│ 歪犁 │

他让庄园的居民保持团结，不让任何一位佃农受到虐待。他经常在不冒犯苏特里奥的情况下出手干预，使我们免受更大的不公。多亏了他的信仰，我们自身的秩序才得以壮大，帮助我们跨越时间来到现在。

他的离世给庄园居民留下一片空白，而土地被出售一事突如其来地改变了一切。我们得到的消息是庄园被低价卖出，因为我们的存在让它贬值。新主人想方设法阻挠我们继续居住，或许因为他知道，我们在那里住了那么久，正义多少也赋予了我们一些权利。他一点点施展手腕，最初以善示人，表示什么都不会改变。他表现出同情的一面，如果有人要就医，就用他的车一个个载着进城，四处传播消息说他对佃农们有多好。后来，他搭了一个大窝棚决定养猪，谁愿意工作就能拿到工资。但事实上，佃农们从未拿到过工资，而是用商品抵换，离开时留下的债务比他们得到的报酬还多。

在这个不平等的农村，塞维罗大声疾呼，对我们不同意的规定提出异议，公然成为庄园主的对头。他发表演说，告知我们所拥有的权利。他说我们的祖先移居到黑水河的土地，是因为对很多黑人而言，废奴之后只能不断迁徙。我们为旧庄园主工作，什么都没得到，甚至无权拥有一间不是用泥巴做的、无需每次下雨都得重建的体面房屋。如果我们不团结起来、振臂高呼，很快就会失去容身之所。每次塞维罗和兄弟们开展行动反对地主的要求，都会引来更强硬的压迫。最初，地主想要分化我们。他说"那帮乞丐"想夺走他靠自身劳动买下的庄园。对一些人而言，我父亲离世给他们带来的遗弃感逐渐被塞维罗的领导所取代。其他人则不看好这个运动，公开反对我的表哥，与他产生分歧，加入新庄园主蚕食我们劳动的游戏。他们在夜深人静时牵走动物，摧毁我们在洼地的农田。他们拆毁栅栏，让我们数月的劳作被牲畜吃掉，变成杂草。有一天，我们半夜里被鸡舍熊熊燃烧的大火惊醒，鸡蛋如同六月节[1]的礼炮般爆炸。我们提来水桶灭火，并抛撒干沙。其他鸡舍也被点燃了，显然这是庄园主和一些佃农有组织的行动。我担心母亲和姐妹，果断锁上了圣安东尼奥河畔的房屋，回到乌廷加河岸边居住。

塞维罗收集签名，想成立工人协会。他说我们需要组织起

1　六月节（festas de junho），指圣安东尼奥节、圣若昂节和圣佩德罗节等在六月举办的节日。

来，否则终究会被驱逐。对很多人而言，远离黑水河生活是无法想象的。我有次听见托尼娅婶婶和我母亲交谈，她问在城里能做什么："我去扫大街吗？住城里什么都要钱。一个洋葱要钱，一点佐料也要钱。"比比安娜在丈夫身边更加活跃。在动员过程中，我自告奋勇照顾孩子们，让她能够写字、工作，坐在塞维罗摩托车后座去寻求帮助。他们去工会，去大会。回来后开更多会，不是藏这人家里，就是藏那人家里，在我们家次数最多。我担心母亲会和父亲态度一样，认为这项运动是恩将仇报。不过并没有，她似乎很振奋，讲了许多故事，像一本活生生的书。她讲述祖父母、曾祖父母的故事，讲述她曾经也居住过的卡沙加庄园，以及老家耶稣达拉帕的故事。她意识到自己知道的事情有多重要，于是积极参与。大家这时都明白了，如果不为了留在庄园而发声，我们将无处可去。

有辆警车也开始频繁出现，警察下车后进屋问话，限制居民的活动。大家很害怕，每当警察出现、有人迟迟没回家或者去了比较远的地方时，各家各户之间都会报个信。我们彼此分享每一步行动，因为我们知道，只有这样才能保护自己。

比比安娜和塞维罗再次准备外出，他们要给黑水河的佃农和渔民协会登记注册。他们有了签名，还要去公证处。在一个闷热得让人窒息的阴天早晨，天空几乎发白，萨卢提醒说她还保留着苏特里奥七十多年前给我父亲的那张字条。他们上次开会决定，最好在文件里添上这份副本。这张字条写在一张脏兮兮的纸上，泽卡把它和其他文件放在一起保管，装进一个几乎已经破得稀烂的牛皮纸信封里。我记得那天比比安娜小心翼翼地打开信封，当时父亲让她读一下，以便了解我们在庄园的情况。比比安娜读完后，我自己还特意核对了一下："若泽·阿尔希诺先生在此请求一处住所，我给了他位于乌廷加河畔的一间房屋，并告知他必须在庄园的田地工作。他可以建土坯房，禁止建砖房。"

比比安娜已经跨上了摩托车的后座，又突然想起自己忘了什么东西。她把头盔还给塞维罗，回去找字条。玛丽亚和弗洛拉在院子里帮厨，而我在生火。我用力扇动火炭，衣服被汗水浸透。

我听见好几声爆炸声，如同鸡舍着火的那个黎明听到的一样。那天夜里，鸡蛋爆裂，鸡被活活烧死。目睹家禽死于纯粹的恶意，我痛心不已。我们没有重建鸡舍，也就不会因鸡蛋爆裂而发出那令我再次浑身酸软的声音。我朝院子跑去，几乎和比比安娜同时到达门口。

塞维罗倒在地上。他脚边的旱地上有一条裂缝，里面流淌着一条血河。

血
河

1

　　我的马死了，没有坐骑再驮我前行，这本是祖先灵魂在人前显现的方式，如同显现于世界一样。从那时起，我就漫无目的地四处游荡，寻找能接纳我的身体。我的马是一个叫米乌达的女人，但当我占据她的肉体时，她叫渔神圣里塔。我骑在米乌达孤零零的身体上很久，但没有细数过时间。米乌达有百来岁，但我比她老得多。在她之前，我曾在许多躯体里容身，自从人们进入山林河湖，贪婪地挖出深深的洞穴，如同犰狳般钻进地里寻找发光的石头以来，便是如此。钻石变成了一个被诅咒的巨大巫术，因为所有美丽的东西都自带诅咒。我看见人们

| 歪犁 |

用鲜血做交易，用锋利的匕首剜割自己的肉，在双手、额头、房屋、工具、沙砾筛子和淘金器具上做标记。我看见人们不眠不休，夜以继日地穿行于塞拉诺河、山脉和矿地，在黑暗中钻进洞穴，想找寻会移动的光亮。钻石是有魔力的，我们能在黑暗中看到它发出令猫头鹰目眩的光芒，从一个地方来到另一个地方，如同一个幽灵，离开山脉，穿过天空，坠入某座山或某条河。它以光的形态出现，哪怕很远也引人注目。人们等待天明，在他们认为看到光进入的地方刨开裂缝，却什么也没发现。他们不吃饭也不洗澡，就这样疯了。他们死在洞穴里，或是死于想从发现者手里夺走宝石。他们死于饥饿，因为全身心所有能量都用来寻找钻石。他们还带着家人同样走上发疯之路，从白天到黑夜，很多人都毫无征兆地发了狂。他们来到雅雷之家，为祖先灵魂尤其是米内罗和塞特 - 塞拉致敬献祭，他们杀死牲畜，为找到光芒而洒下鲜血。他们不想留着石头，也不想欣赏它的光芒，只想填充自己的珠宝箱，以便拥有房屋或自由。有时候，有人找到了这笔意外之财，赎回了自由，还创建了自己的生意。一些人成为了奴隶主，告别了被奴役的生活和撕裂其双手与灵魂的找寻。但大多数人只找到了幻想、疯狂、惊恐、不安、痛苦和暴力。他们屈服于自身的妄想，精疲力竭地蹲坐在堆积如山的沙砾之中。

我的人民从一个角落到另一个角落，寻找工作、土地和住所，寻找一个他们可以种植和收获的地方，那里有被称作家的土坯房。由于法律规定，庄园主不能再拥有奴隶，但又需要他们。于是，他们开始把奴隶称作佃农和租客。他们不能冒险，假装一切如旧，因为警察们会立案。他们开始提醒佃农们自己有多好，因为他们给无家可归、四处寻找住所的黑人提供庇护。他们多好，因为他们不再用鞭子施加惩罚。他们多好，因为他们允许佃农耕种自己的稻米和豆子，秋葵和南瓜，还有早饭吃的红薯。"民以食为天，你们在这片土地上耕种，能吃上饭，就要懂得回报。所以你们要在我的田里劳作，剩余时间可以料理自己的土地。啊，不过你们不能建砖房，也不能铺瓦片。你们是佃农，不能拥有和主人一样的房屋。你们可以随时离开，但要考虑清楚，在其他地方生活是很困难的。"

我深入这群被地主称作佃农和租客的人民，他们在还是矿

| 歪犁 |

井和甘蔗园的奴隶，或者只是耶稣基督的奴仆时就驮着我。这片土地曾经水源丰沛，我也在一个又一个躯体里容身。但钻石没有为我们带来幸运或财富，而是带来幻觉，装上挖掘机之后，河流慢慢被洞穴里涌出的沙子填满，变得又脏又浅。没有充裕的河水来捕鱼，他们也不再向渔神圣里塔请求什么。啊，电灯来了，有能力的人还买了自己的冰箱。这些留在河里的小鱼没法再让任何人充饥，甚至让捕鱼的人感到羞耻。

于是，没有人再学习祖先灵魂的歌。有一次我现身时，他们甚至感到惊讶，看着我发笑，仿佛我是什么妖魔鬼怪。米乌达务农，但她的爱好是钓鱼。她经常在黎明时分起床，独自前往河边。她会捎上孩子们，但他们离家后，米乌达便独自钓鱼。她睡在河边，不怕豹子也不怕蛇。我是她的祖先灵魂，掌管她的身体不至受到惊吓。我保护我的马——在祭司大帽子泽卡的房屋中间跳抛网舞的马。我的马不穿鞋，因为她的脚就是我的根，让我扎根于大地。她的双臂就是我的鳍，让我在水里游移。我骑着我的马走了很多年，简直难以胜数。但是现在，没有身体接纳我，我便在大地上漫游。

2

　　黎明时分，层云密布，天空仿佛一片茂密柔软的棉花田。我在大地上漫游，穿行于玉米田间与河流之上，无法在水的镜面中看见自己的倒影。空气沉重无比，我移动得异常艰难，直至一阵麻痹突至，将我完全定住。突然之间，一阵风从地上升起，所有重量烟消云散，仿佛撕开了一道裂缝，驱走了卑劣，也释放了膨胀压抑的空气。一声尖叫如同锋利的刺刀划破长空。一切都被染成红色，我顺着流淌的血河前行，不知道它来自哪里。

　　河流的源头是塞维罗，这位动员黑水河佃农的男子倒在地

　　| 歪梨 |

上，身体被八颗子弹洞穿。尖叫声是比比安娜的，她跌倒在地，把丈夫的头抱在怀里。这条河是血与泪之河，缓慢而滔滔不绝，如同一股泥浆穿过房屋，召唤人们团结起来或逃离庄园。每当情绪激动时，我的视野都会变得模糊，向两侧溢出，我无法凝合自己身体的各部分。如果我还能骑马就好了……但没有人记得渔神圣里塔。没有祭司，也没有雅雷之家。他们渐渐都不学了，因为每个人的生活都发生了很多变化。

看到那两个生命因别人的所作所为而如此无助，我被一种深深的悲伤占据。斗转星移，我见过太多残酷的暴行以至于麻木，但看到人们抛洒鲜血却最终毁掉梦想，我还是感到触动。我见过主人绞死奴隶以示惩罚，因为奴隶在矿场偷钻石而砍掉他们的双手。我帮助过一个女人，她因为不想再做奴隶而放火焚烧自己的身体。有的女人打掉仍在腹中的胎儿，避免孩子生而为奴。有的女人给那些本将成为奴隶的人自由，她们中许多人也因此而死。我看见一位凶残的主人和黑人女性上床，然后将她们的身体遗弃给死亡，似乎想要抹去使他堕落的罪恶。还有一位主人在航海中用奴隶的身体堵住船只的破口，海水灌进船舱，船只抵达时奴隶已经溺死。我看见男人和女人为了一袋豆子或一阿罗巴[1]肉而变卖土地，因为他们再也无法忍受旱灾导致的饥饿。塞维罗死了，因为他为自己人民的土地而战，为那些被奴役一生的人得到解放而战。他只想让这些在此地待了很长时间的家庭得到权利的承认。他们的儿孙在此出生，他们把脐带埋进房屋后院的空地，他们在此建造了房屋和围墙。

我化作细雨，落在那些两手空空但仍拼命挽救塞维罗的人头上。我落进他的嘴里，洗涤流淌的血液。人们围着这对倒地的夫妻，而我散落在他们的肩膀以及头背。我看见一辆火马战车[2]在路上飞驰。他们把塞维罗带到城里，但没能抢救过来。一条血河在黑水河流淌。

贝洛尼西娅取下头巾，抱住哭泣的女人，呼唤她的父亲和母亲。因为急于挽救塞维罗，他们顾不上阻止孩子们靠近过来看发生了什么。是托尼娅婶婶迸发出保护欲，才把小姑娘聚在

---

1 阿罗巴（arroba），葡萄牙计量单位，就重量而言，1 阿罗巴约为 14.7 公斤。
2 火马战车（carruagem de fogo），此处化用圣经典故。以利亚是上帝特选的先知，曾两次求上帝降下火来烧灭亚哈谢所派来抓他的兵丁。终了，上帝以火车火马（《列王纪下》2:11-12）、乘着旋风，将他接去。虽然以利亚升天而去，但他所点燃的先知火焰，历久不熄。

一起，带她们回家。萨卢斯蒂亚娜点燃蜡烛，向圣人和祖先灵魂祈祷，祈求他们救救塞维罗，但只剩一片寂静，天空中听不到任何风声和雨声。萨卢紧紧抱住孙子伊纳西奥，让他不要失去信念。剩下的人都没事。有人跑去把消息告诉塞维罗的父母和兄弟。我看见埃尔梅利纳如同一只断头的母鸡栽在地上，甚至我的吹拂都无法让她恢复意识。

当比比安娜穿着血迹斑斑的衣服回来时，她的母亲知道，女儿内心的某些东西永远地破碎了。她让女儿脱下被暴力玷污的衣服，换上为女婿守灵的衣物，甚至没有劝她吃点东西。我看见比比安娜的眼睛空洞地扫视着任何进入她视野的人或物。贝洛尼西娅想抱住姐姐，但姐姐却仿佛那天回响的声音一样正慢慢消散。她无法思考，便把注意力全部放在侄子和侄女身上，试图安抚姐姐的伤痛，痛得像眼中溢出的微光。

人们在塞维罗亲自帮忙建造的房屋里为他守灵。比比安娜站在旁边，寸步不离，如同一株不肯在斧刃下弯折的紫花风铃木。人们传颂塞维罗的品质，赞扬他的斗争以及他为黑水河人民带来的觉知。有些人发誓要为他报仇。在那条路上，塞维罗发起的示威引来一些村民的不满和敌意，但连这些人也到场为他守夜。

已经很久没有人在维拉桑墓地下葬了。在接替佩肖托家族的主人萨洛芒的命令下，大门已经被封锁。有人想起这事，问比比安娜她想把尸体运到哪里。她希望丈夫去维拉桑，葬在大帽子泽卡旁边。兄弟们和泽泽便在土路上扛着尸体。贝洛尼西娅和侄儿们紧随其后。埃尔梅利纳在塞尔沃和女儿们的搀扶下前行。

墓地狭窄的大门被锁链封住。送葬队伍停住脚步，以便决定后续行动。在守灵期间几乎缄默不语的比比安娜，用微不可闻的声音请求打开维拉桑墓地。人们就当自己听到了请求，继续前进。许多双手激烈地摇晃着破旧的门，就像许多祖先为逃避奴隶的惩罚和枷锁而晃动他们的身体。大门咣当倒地，如同一条在空中断裂的锁链。

3

　　新主人在大帽子泽卡死后一年来到这里。男人高大魁梧，与佩肖托家族的继承人谈判，期间到过庄园几次。他的皮肤呈现出沙子和铁锈的颜色，就像人们在圣安东尼奥河岸看到的那种。他在和塞维罗及民众们辩论时，多次用这种肤色表示他不敌视任何人，他自己就有黑人祖先，也为此感到自豪。陪同他的女人是个年轻的白人，看起来不到三十岁，后来也住在庄园。他们的两个孩子来得很晚，而且只会待很短一段时间，因为他们在城里上学。起初，他们在庄园里走来走去，男人惊奇地看着他在庄园目光所及的东西，而女人则装出感兴趣的样子。她冒冒失失，闯进一些不知道能不能进的地方，重复着表示惊讶的话语。每当她提出问题，却得到和她预设不同的答案时，便会对所谓人们的无知报以拘谨的微笑。

萨洛芒似乎对一切都很感兴趣。他特意听租客们在说些什么，以便之后反驳。他说自己见多识广，在一个地方见过什么事儿，而那地方的名字谁都没听懂。有一次他们来庄园为建造主屋选址，到菲尔米纳婶婶家吃午饭。菲尔米纳婶婶杀了一只鸡招待黑水河的新主人，还用南瓜、秋葵、碎棕榈叶和米饭做了一小顿宴席。她感觉自己只是个租客，尽管已经在那里住了四十多年。新主人只来了那么短时间，但她却觉得自己好像在别人的地盘，欠了人情。萨洛芒吃了为他准备的食物，但他的妻子没有碰。她说自己有特别的饮食，对这一切表示感谢，但很明显她感到厌恶——陋屋、衣着，贫困得连自来水都没有。有一次她肚子疼，却惊恐地发现没有任何一间屋子有卫生间，哪怕学校也没有。她憋了一阵，直到脸色由红润变得苍白，才不得不到树丛中解手。她用过了别人给她的一张纸巾，又把脏

| 歪犁 |

纸递给其中一个妇女，让她拿走。在远处观望的妇女们边说"别给我们，夫人您可以把它留在树丛里"，边冒犯地发笑。她郁闷地回去，觉得自己很难适应那里的生活。

庄园在新主人眼中就像小姑娘。他想成为一个伟大的咖啡种植者，但不知道那片土地是否能种咖啡。后来，他又想养猪。最后，他想把黑水河变成一个生态胜地，对这里丰沛的水源和保存下来的森林欣喜若狂，是它们抵御了韦利亚荒地的侵蚀。在他所有的计划里，黑水河的人民从未有过一席之地。他们不过是要搬进集体宿舍的佃农，事实上，他们应该离庄园远远的，因为他们侵占了别人的财产。

萨洛芒雇佃农们帮忙运输建造房屋的材料，并提供所需的服务。对佃农们来说，这间房屋成了一道陌生的风景线。他们砍掉了多泥沼地带已经长出果实的曲叶矛榈和棕榈，这里是沼泽的源头。他们排掉了一些水，建起一座由木头和玻璃制成的房屋。塞维罗记得很清楚，人们长久以来一直要求改善佃农不稳固的土坯房，这些房屋可能坍塌，或成为疾病的来源，有必要用更耐受的材料来建造房屋。有人同意，有人不同意。他们说这片土地是主人的，他说了才算。这事儿一直如此，没理由现在改变。其他人则明白自身的权利。早在大帽子泽卡逝世前很久，塞维罗和其他佃农就告诉庄园租户，有哪些事是他们本可以做却被禁止的。许多人从未认同过这些禁令，但长久以来为了保证生存，必须沉默和屈服。现在，他们热火朝天地谈论黑人以及四处流散的奴隶后代的权利。他们说现在有法律，有保障土地的途径，无须像过去那样受主人摆布，天南地北四处流浪。

我是一位非常古老的祖先灵魂。自从这些人从米纳斯、雷孔卡沃和非洲来到这里，我就一直陪伴着他们。也许他们忘记了渔神圣里塔，但我的记忆不允许我忘记和很多人一起遭受的苦难，我们逃离土地纠纷，逃离干旱和武装分子的暴力。我穿越时间，如同在一条波涛汹涌的河面上行走。这场斗争并不平等，代价就是要承受梦想的失败，多次失败。

塞维罗死后两周，萨洛芒和埃斯特拉离开了庄园的家，据说是去旅行了。然而人们在葬礼后的愿望却是烧掉这间木头和玻璃做的房子。他们想看到它化成灰烬，碾作尘埃，被火焰吞噬。他们想摧毁一切被禁止的东西。

4

有人提醒说，正义仍有可能存在。不论一位领袖的消失多么令人痛心，解决这些问题的方法仍在远方等着人们追寻，这才是对他的纪念。他们不会屈服于当前的暴力，也不会不负责任地把梦想置于险境，彻底输掉这场斗争。有人说，尽管我们对发生的事情感到痛心，但还是需要平复一下情绪。另一个人劝告众人节制，不要过于放大仇恨的声音。

那个夜晚无比漫长，比比安娜彻夜未眠。起初，客厅亮着灯，所有人都进入梦乡后，黑暗占据了整个房屋。伊纳西奥照顾着妹妹们，把她们在床上安顿好。安娜问起爸爸，他会在哪儿呢。她们问如果下雨了，他在地下会不会又湿又冷，如果中午出太阳，他会不会很热。对于妹妹的担忧，伊纳西奥没有太多答案。他所知晓的一切都来自祖母萨卢和埃尔梅利纳对祖先灵魂的信仰，来自父母的信仰，与祖母们给他介绍的并无二致。外婆对他所知晓的一切影响更大，因为她曾经接触过祖先灵魂的世界，很小的时候就待在一位祭司身边。因此，伊纳西奥漫无边际地说起这些事，甚至没考虑妹妹是否相信，直到她屈服于困意而睡着。这时他回到客厅，问妈妈要不要去休息。她说要的，等她觉得困了再睡。他走近，拥抱坐在椅子上的母亲，吻了吻她的额头。比比安娜感觉儿子的眼泪与她久久不能止住的滚烫泪水相遇。他让她不要难过，因为他会照顾她。这些话击溃了比比安娜最后的克制。伊纳西奥还是个少年，比他父亲刚离开黑水河时就大一点。

出发的那天就这样在她脑海里重现，她抱着儿子恸哭。自从塞维罗被谋杀以来，她所积蓄的痛苦倾泻而出。她陪着那具失去生命的躯体来到医院，把他的头抱在怀里，血腥味似乎渗透进他的五脏六腑，不论她再怎么清洗尸体、更换衣物都无法驱散。人们冲破埋葬着居民祖先的维拉桑墓地大门，决定不焚烧庄园主的房屋。在一天多一点的时间里，一切变化得太过迅速，让人反应不过来。当儿子去睡觉时，比比安娜仍然待在黑暗里，她希望有什么东西显灵，给予自己指引。她躲进回忆里，回想着他们年少离家时一起经历的困顿。当他们俩试图在庄园以外的世界立足时，她不得不充当路边餐馆的帮厨和提供家居服务的日工，给别人带孩子。在这期间，她的孩子们出生，她也学习了教师课程，部分地实现了促使她暂时离开庄园的目的。她在这段旅途中意识到，就剥削而言，黑水河以外的生活没什么不同，但她有塞维罗，有梦想，还有他们共建的一切。他们有困难，也有分歧，但首先有连她自己都难以言明的感情。这种感情囊括了他们的故事和所牵挂的一切，既关乎自己，也关乎亲友。通过这趟旅程，他们开始爱上自己的家乡。他们产生了回乡的意愿，因为他们越发清楚，作为庄园核心佃农群体中的一员意味着什么，而其他人或许还不明白这一点。

在睡意来临前，比比安娜从椅子上起身。阳光透过门窗的缝隙进入屋子。她打开门，感觉皮肤碰触到清凉的晨露。现在没有了塞维罗，一切会变成什么样？她的身体已经被虚无占据，她会变成什么样？这辈子还需要为孩子们引路。她还没来得及思考未来，母亲和妹妹们就来了。萨卢到厨房准备咖啡。贝洛尼西娅和多明加斯留在客厅，坐在她身边。她们三人望向门外的土地，鸟儿似乎一辈子都唱着同样的歌，而这歌声仿佛来自过去，那么近又那么远。这和陪伴她们童年的是同一首歌。那时，她们与父亲一道，在黎明时分沿着田间小路出发，去驱赶稻田里的紫辉牛鹂。

后来，警察来调查犯罪现场。尽管伊纳西奥和多明加斯一直请求比比安娜待在家里，她也并未让步，坚持全程陪同，回答他们提出的问题。从肢体动作和语气可以看出，比比安娜交替出现完全漠然和焦虑憎恶的时刻，问题需要被重复多遍才能理解。她努力回忆起每个时间段、每一步、每个想法和每个动作，甚至父亲的字条上逐字写了什么——那张塞维罗被瞄准时她回去寻找的字条。不知道，别的什么都不知道了。只知道有辆车高速驶向公路，这是一些佃农说的。警官们甚至去了那些

| 歪犁 |

据说看到逃逸车辆的目击者家里。他们记下了车的颜色，据说车窗是黑色的，阻碍了视线，不知道车里是谁、有多少人。警察问他们案发前几天有没有注意到什么奇怪的事情，塞维罗是否和谁起过争执。当佃农们回答说他和庄园主有分歧时，警察感到很满意，便没有继续问下去。比比安娜和一些人还受邀到城里的警局提供更多证词。

短时间来看，事情似乎发生了改变，也许能给这件事讨个公道。他们会像调查一位庄园主或者城里任何一位大人物那样，调查一个普通人的死亡。然而几周后，传来消息称案子已经结了，他们在沼泽地附近区域发现了一个大麻种植园。塞维罗死于该地区的一场贩毒纠纷。

5

正是这一天，比比安娜决定将黑水河的民众召集起来，并当众发言。尽管深陷守丧之痛，但她觉得需要说出自己的想法，不能任由事态这般发展下去，倘若如此，很快所有人都会陷入危险。即便虚无将永远停驻在她体内，她也不允许对塞维罗的记忆被谎言所侵犯。一个谎言很快就会变成与之相关的许多谎言，而他却无法为自己辩护。那孩子们呢？他们该如何带着父亲被诋毁的形象生活？她不允许他留下的遗产被当权者想要讲述的故事撕毁。许多人出于尊重，放下手头的活儿去听她讲话。

| 歪犁 |

萨卢在多明加斯和女婿的搀扶下前行，贝洛尼西娅也陪伴侄子们跛行而来。她原本犹豫是否要允许孩子们听这次发言，后来听从了姐姐的话。"没什么可隐瞒的，"比比安娜说，那一刻她带着过去几周罕见的坚定，"无论真相多么悲痛，从自己这里听到总比从别人嘴里知道要好。而且，从我嘴里说出的话，他们将来也能用来为塞维罗申辩。"

在那些日子里，贝洛尼西娅感觉自己是比比安娜的一个影子。自从比比安娜几乎出于本能地开始为她发声；自从她允许姐姐知晓自己内心最深处的感受，而她也同样掌握着姐姐思想中激烈动荡的东西以来，她一生都在回避这个角色。如今，她比以往任何时候都更强烈地感受到两人紧密地联结在一起，因为她们的生命历程如不可避免的命运般互相交织。过了这么久，她们已经不再需要明显的交流，只需交换眼神或读读手势。她感觉空气会不自觉地震颤，传递另一个人的身心不适、烦乱或是意愿。这些日子至关重要，让她感知到两人在理解之中的改变。贝洛尼西娅愈发感知到不同的人，尤其是姐姐，感知到姐姐的声音回响在自己沉默游走的世界之中。这沉默如同她在田间、在与托比亚斯短居房屋里的沉默，能够激发她的愤怒，以便与周围环境交流。那一刻，生活只是证实了在别人眼中仍然隐藏着的东西，也许一开始连对姐姐都是隐藏的，但却以一种一往无前的方式有力地巩固了两人之间的联系。

比比安娜这辈子只见过父亲组织农活承包或在雅雷仪式上引导出席者，但她从未想过，同庄园民众交谈的责任有一天会落在她的肩头。因为塞维罗才是那个和居民交谈、组织大家反抗萨洛芒及其雇工设局围困的人，尽管她知晓并积极参与这项运动。现在，她明白自己被暴露在谋杀的暴力之中，暴露在他们试图传播的谎言之中，而这个谎言想一劳永逸地挫伤黑水河的人民。她感觉子弹仿佛在继续穿透她家人的身体，即便丈夫已经被他们夺走。

比比安娜还没能在邻居和亲戚面前开口，就感觉身体因不适而颤抖，因为她看见萨洛芒正骑马远远监视着她，现任主管陪同在侧。不久之后，他下了马，站在一棵李叶豆树的树荫下。他想恐吓她。他的出现显然是想让那个集会噤声，或者至少让他们在开口之前仔细掂量一下。他会争辩说，这是他的土地，

| 歪犁 |

他不会再容忍这种混乱局面，任凭人们聚在一起传播塞维罗的那些观点，这是对他的有意中伤。"我们这儿从来没有什么逃奴后代。"在他张嘴之前，我都能听见他重复这句话。但没法回头了，比比安娜一心只想反抗。她把目光转向那些等待她发言的居民，尽管她注意到时不时有人愤愤不平地朝萨洛芒的方向望去。

比比安娜请求大家安静以便她能说话时，可以明显看见她在发抖。贝洛尼西娅移开目光，害怕自己也被姐姐散发的恐惧影响。然而，随着她开始发言，便越来越有信心。突然间，一个平稳有力的声音消除了颤抖，慢慢说服了所有在场者。

"我们来到这个庄园很多年了，每个人都知道是怎么回事。这个故事已经被重复了很多遍，上千遍。我可以说，我们中的很多人、大部分人都出生在这片土地。这片土地上什么都没有，只有我们的劳作。我出生在这里，我的弟弟妹妹出生在这里。克里斯皮纳、克里斯皮尼亚纳和她的家人也是。而那些没有在这里出生的人，大部分时间都在黑水河度过。地主们踏上这片土地，只是为了收走我们在地里种的东西卖钱。所有人都知道达米昂、萨图尼诺和我父亲泽卡的故事，知道雅雷宗教以及我们在这里生活的一切故事。你们比任何一个外来者都清楚，我们的庄园经历过多少次干旱，洪水多少次吞噬我们在乌廷加河与圣安东尼奥河岸边的田地。"

诉说这一长串回忆耗尽了氧气，捍卫人民仅存尊严的重担更让她喘不过气来，必须停顿一下调整呼吸。她望着孩子们，他们都很专注，贝洛尼西娅站在旁边，身体紧靠着小姑娘们，如同一头保护幼崽的猛兽。那一瞬间，她被凌乱的回忆占据，看到了塞维罗的模样。

"所有人都知道塞维罗为黑水河做了什么。他在很小的时候就来到这里，而我们搬到外地讨生活，是因为在这里事情变得很艰难，但他对你们充满爱戴和尊重。他了解我们的历史，知道我们的人民在来到黑水河前遭遇了什么——很久以前，从奥拉西奥·德·马托斯上校掳来一万个黑人寻找钻石、同敌人打仗开始。他们给予黑人自由后，我们仍遭受着遗弃。人们从一个地方流浪到另一个地方乞求庇护，忍饥挨饿，为了让自己有个住所而白白打工。奴隶制和以前没什么不同，却被粉饰成自由。但这是什么自由？我们不能建造砖房，不能种自己想种的东西，劳动果实被他们及尽所能地掠走。我们日复一日地工作，没拿到过一分钱。剩余的时间要料理自己的田地，否则就没饭吃。男人在主人的地里种田，妇女和孩子在自家院子种田，只为了不被饿死。大家精疲力竭，过劳而死，年老时一身是病。"

萨洛芒用靴子碾磨地上的土块，声音在她说话的短暂间隙回响。克里斯皮纳、克里斯皮尼亚纳、伊西多罗和萨图尼诺回头看了几眼。一些佃农也转过身来观察他，彼此低声耳语着对他现身的看法。玛丽亚·卡博克拉站在她的五个孩子旁边，她生了十个孩子，这五个还留在庄园。她专注地看着比比安娜，花白的头发包在一块褪色的头巾里。

"我们不会放弃。塞维罗为我们的自由和权利种下的那颗种子不会死。他是我的伴侣，是我孩子的父亲，他已经走了，但我们在这个庄园里还有很多人。一颗果实走了，但树还在，而且它根深蒂固，很难连根拔起。塞维罗种植大麻的谎言站不住脚，我们知道究竟是谁种的"，她目不斜视地看着面前的人群，"我们曾住在城里的郊区，在那里，警察同样以毒品为借口，闯进别人的房子杀死黑人，甚至不需要在法庭审判。警察有杀人的许可，他们会说这是一场交火。我们知道这不是交火，而是杀人灭口。"

很快，那些从未当着萨洛芒的面发出的声音都加入比比安娜的讲话。她因漩涡般的情绪而憔悴不已，那模样令人心疼，同时也激起她的亲戚、邻居和她曾经的学生发声。萨洛芒的眼神流露出恐惧，他以必要的谨慎观察着这次集会。这是一场相当大的集会，很多家庭都到场了，众人都被动员起来。他的任何举动都可能被怀疑，并激起一群暴徒。那一刻，他处于不利地位。

"他们想玷污塞维罗，因为玷污他的声誉能够打击我们的斗争。他们想保护达官贵人，让我们闭嘴，不惜一切代价要把我们赶走。他们想让我们屈服，但我们不会屈服。他们想让我们卷铺盖走人。我们去哪儿？他们一点也不关心。他们烧了我们的鸡舍，放任动物破坏我们的田地。他们想以保护河流的名义阻止我们捕鱼，就好像我们不是照料这些事的人，好像我们不是这一切的一部分。如果落到矿厂或庄园主手里，一切都会被毁坏殆尽。他们甚至不让我们在维拉桑埋葬死者，但他们没法让我们屈服，我们是不会离开黑水河的。"

人群中爆发出掌声，大家齐声附和，重复着比比安娜的话。萨洛芒令人意外地保持沉默，尽管他很不耐烦，以一种引人注意的方式扭动他的脚。在场的人都知道，自从庄园变卖以来，事情已经恶化到了什么地步，大家成天担惊受怕。他们被塞维罗发起的动员驱动，他的死给了他们一个让自己发声的理由。要么现在，要么永不。

萨洛芒甚至没有等人们散去就接近比比安娜。尽管明显是想消除人们对塞维罗之死的不安，他的存在反倒令人不适。甚至他说的话也没有传达出休战的信号。"我对你丈夫的死感到抱歉。我当时在外面，不过工人们跟我说了，"他温和地开口以便进入正题，"但你不能指责任何人。据我所知，调查已经结束，警察给出了他们的答案。他们可是有认真调查过的。"他站在比比安娜面前，想把手放在她肩上。比比安娜立马后退了一步："您不必再说下去了，这话应该我来讲。"她从萨洛芒身边走开，回头直视他的眼睛："不管是谁对塞维罗做了这些，他一定会付出代价。人类的赏罚可能不公，但没有人能逃脱上帝的审判。"

　　侄儿们跟在后面，想追上他们的妈妈，贝洛尼西娅则死死盯着庄园主。她的眼神闪耀着一种强烈、充满魔力的光芒，令这个男人不寒而栗，手臂汗毛竖起。只有伊纳西奥放缓了脚步，等待教母。她绕过萨洛芒投射在地上的影子，朝它吐出嘴里的毒液。

6

　　我遇见米乌达的时候，她还很年轻。她慢慢成熟，出落成一个女人后，会穿上层层叠叠的裙子，而我总会在她的裙摆间穿梭。米乌达和这里的人都说他们不是黑人。人们对黑人没有好脸色，会赶他们走，所以她说自己是印第安人。其他人也说自己是印第安人。印第安人是被容许的，不必离开这里，虽然也被人排挤，但受到法律的保护——他们这样想。一些人表示反对，因为他们看上去就是黑人。但他们说自己是"被狗咬了"[1]。通常情况下，一个女人如果说自己"被狗咬了"，就没人能质疑她不像个纯正印第安人，或者长得跟黑人一样。细心的米乌达便说自己和她母亲一样，都"被狗咬了"。她这样说就完事，大家都会相信。也许这就是为什么她能在那场流亡中幸存下来。

米乌达是个流浪者，来到黑水河之前曾经辗转各地。她走过太多地方，甚至当她说起这些时别人都会发笑，觉得她要么在说谎，要么是老糊涂了。她会提起裙子的下摆打断谈话，晃动层层裙布，掀起地面的尘土。她走向河边。米乌达是个渔女，她捕鱼、游泳、晚上在河边睡觉。她模仿鱼的声音，也能模仿鸟鸣。有时她醒来后，眼睛会像唐纳雀般通红，似乎想跳跃起来，在这些事物间飞行。唐纳雀会和它们在河湖里的倒影玩耍，而米乌达没时间也没兴趣看着河里映出的自己。那条河是她在林中躯体里一条被切开的血管。她没日没夜地哭泣，因为别人把她孩子带走了。她有干亲住在城里，看到米乌达一家在旱灾

---

1 "被狗咬了（ser pego a dente de cachorro）"，意指印第安人长期遭受的迫害，他们面临绑架、奴役和谋杀，印第安女性还会遭受强暴。

| 歪犁 |

期间饿得不行，又缺东少西。他们说，把孩子们带走能缓解单亲妈妈的痛苦。他们还说孩子们会在城里上学，学到一门手艺，日后能帮助他们的母亲。渔女拒绝了。她夜以继日地在河边钓鱼，等鱼上钩时生火取暖，照亮黑暗。然而采矿给河床带来大量沙子，驱走了大鱼。她捕到脂鲤，这些鱼聚在水边，啃她脚趾上树皮般粗糙的皮肤。但这种鱼实在太小了，甚至没法给木薯面团添点鲜。她一个女人独自耕种，收获了很多粮食，但旱涝之际却无计可施。她的农收要么化为乌有，要么被庄园主拿走，只能忍饥挨饿。于是，一个干亲带走了一个男孩。另一个干亲又带走了一个男孩。来的第三个干亲一次带走了两个孩子。米乌达变得举目无亲。她孤独伶仃，夜晚都变得更长。她在太阳升起前就伴着虫鸣上路，到城里请求把孩子们带回来。干亲们说孩子在城里的学校念书更好，在那里生活也更好，有吃的，不缺什么。而渔女米乌达只能凄凉地回家。她蜷缩在河岸，不怕蛇，也不怕貒猪。她捕到脂鲤，上游下雨时能把大鱼送上餐桌。渔女的手被施了魔法，能迷惑鱼儿。这双手缓慢地伸进水中，不会激起任何波澜。见过米乌达捕鱼的人都能注意到她有多么聪明伶俐。鱼儿在她手中投降，不会抵抗。

　　渔神圣里塔独自游荡，见证着那些同样从一个地方游荡到另一个地方寻找住处的人民的历史。在很长一段时间里，她见证了采矿战争，然后是争夺土地的战争，看见人们死于暴行。米乌达的力量在孩子们离开后消散了，而渔神圣里塔附身于她，为她的力量赋予意义。米乌达的裙子在祭司的房屋里旋转，她的手臂如同灵魂之河的激流般摆动。她抛洒渔网，捕获在场者生活的不幸，然后把它们拖入水底。在这种时候，我们是一体的。我感受到被一个强壮女人的身体所庇护的安心。我也是渔女，在另一位渔女的身体里。她跳舞的那个夜晚，双脚如鱼鳍般游移，狐狸在嗥叫。人们嘲笑她，因为他们忘记了这个祖先灵魂，忘记了我在他们四处奔逃的夜晚安抚他们入睡。但她继续跳舞，撒网，双臂在空中自由地奔跑，如同汹涌泛滥的河流。我的力量赐予那些有需要的人。在一个下弦月之夜，某人父亲的父亲的父亲点燃一根蜡烛，为他主人的儿子治疗发烧。在逃亡和绝望的日子里，某人母亲的母亲的母亲为渔神圣里塔唱了一首歌。我在这古老的舞蹈里悲欣交集。

　　　　｜歪犁｜

我不再跳舞，因为他们忘记了渔神圣里塔，也因为这片土地的祭司死了，他的力量被带走，房屋也随着时间坍塌。我像空气一样悬浮，如雨水般落在大地上，清洗流淌的鲜血，没有怜悯。过去的鲜血流淌，成为一条河，它先是在梦中，后来奔腾着抵达，仿佛骑在马背上。

7

几天后，他们带来了一位教会牧师，准备举行一场礼拜。
这场礼拜的目的是拉拢几个偶尔趁着进城赶集会去教堂的居
民，他们有自己祷告和告解的名册。几乎每个人都有参加仪式
或远行朝圣的习惯，但这是庄园里第一次举行雅雷仪式以外的
东西。大帽子泽卡死后，那些有条件的人都前往别的雅雷之家
寻找新祭司，以便把老祭司的手从头上移开，按上新的。最近
几年，庄园的雅雷庆祝活动终止以后，有两户人家皈依了福音
派，但仍然与其他家庭生活在一起，没有明显冲突，尽管他们

| 歪犁 |

私下里背弃了旧的做法。

在礼拜前，埃斯特拉乘着自家的轿车，随牧师挨家挨户邀请大家参加。她穿着一条印花的白裙，皮肤似乎发红了，不是因为太晒，而是像吃坏了什么东西，脖子和手臂有刺激性斑块。这位牧师是个名人，据称他会成为市议员的候选人，这才访问当地的庄园和村落，为十月的选举拉票。

从托尼娅婶婶那里听说这场礼拜之后，比比安娜说："他们现在不过是摆出一副善良基督徒的样子，其实他们向来伪善。"

"牧师今天在这儿的布道很有意思。"萨卢斯蒂亚娜插了句嘴。"我一觉醒来就想着耶稣，想到他们讲的故事，我对你们也讲过很多遍，"她指着比比安娜说，贝洛尼西娅这时在浇灌小院，"但我想我没有告诉过你，伊纳西奥，也不知道你妈妈跟你说过没。"

"是什么？"

"深湖镇那边一个关于耶稣的故事。"她边说边剥开一个豆荚。孙子原本在院子里修补一个挂在门和栅栏柱之间的渔网，也停下了手头的事。"我祖母曾说，谁也说不准黑人是什么时候到达深湖镇的。那时每个人都有自己的茅屋和农田，在圣弗朗西斯科河的洼地耕种。他们的孩子在那里出生，建造自己的小屋，在父母的田里耕作。在很长一段时间里，那里没有别的，也没有那帮人，只有民众和上帝。后来教会来了，说城里的土地属于他们。没过多久，又来到深湖镇和城郊所有地区，说我们的土地也是教会的。"

"大家必须离开那里吗？"为了听后面的故事，伊纳西奥暂时停下编网。

"不是，教会用铁在树上做标记，烙上'好耶稣'三个字的首字母'B'和'J'[1]，所有能标记的地方都标了。他们说这些地属于教会，而我们是耶稣的奴仆。人们很惊讶，因为在深湖镇没人谈论过奴隶制。我祖母说，他们知道别的地方有奴隶，但那里没有。那片土地上从未有过任何奴隶。每个人都认为自己是自由的。今天我想起了你已故父亲塞维罗说的话，'如果黑人是作为奴隶来到巴西，那么最初来到深湖镇的人应该是

1　"好耶稣"的葡萄牙语为"Bom Jesus"，首字母分别是"B"和"J"。

从某个庄园逃走，或者从庄园主那里赢得了自由的前奴隶'，但在那里，没有人愿意谈起这个话题。每个人生来自由，没有主人。他们抹去了为奴的记忆。"

"也许他们很难开口，妈妈。他们遭遇了不愿提及的恶事"，比比安娜说。她正在收拾要带去城里的袋子。

"可能是。他们给所有东西都标上耶稣的名字，我看到从李叶豆树到奥伊蒂树[1]的所有树都有耶稣字样的铁印。在这之后，又说他们是耶稣的奴仆，不过人们还是一如既往地生活了很多年。但后来庄园主来了，他们展示文件，开始圈地。人们反抗，有人死去，最后都被挤压至一个小角落。在庄园主圈地期间，我的父母去了卡沙加庄园，也是在那里我认识了你外公，"她用布擦了擦脸上流下的汗水，"老人们说，我们在庄园主圈地前就拥有这些土地，如果我们真能在那片广袤的土地上生活，或许我和你们都不会在黑水河了。伊纳西奥，你的爷爷奶奶也不会。"

比比安娜和她的女儿们出发进城，萨卢斯蒂亚娜和贝洛尼

1　奥伊蒂树（oitizeiro），金壳果科植物品种，广泛种植于南美洲，在巴西有时被用作行道树。

西娅仍然留在家里。伊纳西奥没有陪同母亲，他下田去了。埃斯特拉和那位访客来到萨卢斯蒂亚娜家门口，首先邀请他们参加礼拜活动中"为逝者举行"的祈祷，而萨卢立马回绝了，"谢谢，但我很忙。"牧师嗓门很大，仿佛一直在向人群布道。他瞥见屋里的小祭坛后，开始谈论圣徒的形象。贝洛尼西娅不耐烦地跺了跺脚，脸色因两人的出现而变得不悦。她半个身子抵在门后，时刻警惕着，准备一有冒犯就马上关门。男人滔滔不绝，埃斯特拉则面露难色，预感此番干预会遭到挫败。她甚至接过话茬说，虽然雅雷仪式在那里举行了很久，萨卢夫人还会打鼓，但现在每个人都要听上帝的话。

贝洛尼西娅作势要推门，但母亲在门被关上前拉住了它。尽管他们谈论的是宗教，但萨卢对夺走塞维罗生命的土地争端、对那些想让他们离开庄园的威胁和禁令感到痛心。这次来访是他们长久以来所遭受苦难的一部分，为了压榨他们，直到一无所剩。她带着权威面对两人，说出了很久以来让她感到窒息的事情。

"听着，夫人，"萨卢在那个女人继续说教前打断了她，"我不认识多少字，也没什么学问，但我想让夫人你明白一件事。我不是唯一一个生活在这片土地上的人。你们想赶走的很多佃农，比你们到这儿的时间要早得多，你们那时甚至还没出生。很多佃农在这里出生、有了儿孙，也都生在黑水河。我没法告诉你黑水河在每个人心中的地位，因为我也不是他们肚里的蛔虫，我只为我自己发声：我出生在耶稣达拉帕，但某种意义上我也出生在这片土地。我很年轻就来到这里，在这里生活、抚养孩子、和丈夫一起劳作，看着我的邻居和干亲们葬进被你们封锁的公墓里。我是母亲生的，但我也生下了这片土地。夫人你知道什么是生育吗？你也有孩子，但你知道什么是生育吗？滋养一个生命，一个即使你不再存在于上帝的土地但仍会延续的生命，然后从体内取出？我不知道你清不清楚，但你在这里看到的大部分孩子、男人和女人都是我亲手接生的。我是他们的接生母亲。正如我亲手接生了每个人，我也生下了这片土地。夫人你看看是否明白这句话：这片土地在我身上扎根。"她用力地拍了拍胸脯："它在我身上生根、发芽。"她再次拍了拍胸脯："这是大地扎根的地方。它就根植我的胸膛，因为我的生命和我们所有人都是它造就的。黑水河扎根于我的胸膛，它不在你和你丈夫的庄园文件里。你们能把我从土地上像杂草一样连根拔起，但永远无法把土地从我身上割去。"

埃斯特拉看上去比平时更加苍白，她试图打断萨卢的话，但没有成功。

"还有，"她补充道，"我可能不是祭司，但我依然知道怎么搞巫术。我能让我的向导吃好喝好，请他们想办法解决这里的一团乱麻。"她说完便转身离开，关上了门。

| 歪犁 |

8

那把刀又出现了，在贝洛尼西娅的编织袋里，混在其他物件之间，闪闪发光。有一瞬间，比比安娜不相信这就是从老屋里消失的那把刀，可能是多娜娜亲手丢弃的。她走到母亲的屋前，女儿们在外面喊她，让她来看安娜正在给布娃娃准备的洗礼仪式。她默默走近，又折返到挂着匕首的旧椅子边。她伸出手指触碰它，感觉它是温热的。当她确认了那是什么时，差点把它摔在地上。她对偷看妹妹的包感到羞愧，但看到自认为早已深埋记忆的物品时，还是难掩惊讶。她舌头上的疤痕再次感受到当时的记忆，发出刺痛，把比比安娜抛回意外发生的那天。奶奶的手瞬间砸向了她的头，一声声质问随着画面涌现，而她的头变得越来越沉。她拉着那个东西的一端，直到它完整地展露出来：做工精美的象牙手柄、稍显黯淡的刀挡和柄尾饰片、闪闪发光并未老化的刀片，还有似乎在震颤的刀刃，时刻准备着撕开它周围的一小圈空气，如同割断一块小丝巾。

贝洛尼西娅走进房间，愣在那里，仿佛回到了30年前，再次看见比比安娜从血迹斑斑的旧布里取出那个东西。那块布已经不见了，但姐姐回过头看她时的沉默，让她停滞在时间里，就好像如果她不说清楚这把刀是怎么来的，一切都无法继续。

她如此习惯于带着这把刀，此刻不可避免地要直面比比安娜目光向她投射而来的困惑。云层遮蔽了太阳，在姐妹俩周围投射下一圈冰冷的阴影，刀光变得更加刺眼。贝洛尼西娅轻轻拍了两次下巴，拇指从脸颊滑落，表示是的，这是奶奶的。她把两只手的手指交叉，一只手的手指滑过另一只，表示是的，是那把刀。她重复着拍打下巴和用拇指滑落脸颊的动作。不需要再向妹妹确认，比比安娜已经明白了，问萨卢是否知道。答案是否定的。为什么要让萨卢知道？她会无谓地担心。而贝洛尼西娅则会继续被当作残害了自己的不安分孩子来对待。那为什么要带在身上？当然是为了干活儿，为了保护自己——想想塞维罗的遭遇，她的食指在空中朝姐姐的方向滑动——也因为她丢了舌头。这个东西又回到了她手里，奇异中必然蕴含着某种讯号。这把刀承载着的感情，无论她活多久，都不知该如何解释。比比安娜问，那这段时间它在哪里。你不会相信的，贝洛尼西娅双手交叠，掌心朝上，摇头表示否定。

搬到托比亚斯家的那天上午，她带着一捆行囊离家，骑着同一匹马前往圣安东尼奥河畔。她感觉腹部随着动物的行走而颤动。直到抵达即将居住的房屋前，她都未曾料想自己会被丈夫家成堆的垃圾惊到。她只看一看便感到沮丧，想着怎样才能让那间房屋变得宜居。她得做很多工作，因为她选择离开父母家，来到一个一无所有的住所。她没法在一天内整理好所有东西，第一次大扫除后，又接着打扫了好几天，把垃圾、空瓶以及所有堆在棚屋的东西分类。

有一个像旧锅一样的陶罐，周围有些小土块，像几乎所有东西那样，被遗忘在厨房的一个角落。贝洛尼西娅不愿打开它，担心会发现老鼠、蜘蛛或人的骨头——正如她从当地居民的讲述中听到的那样。陶罐口缺了一块，她迟迟没有打开，直到不小心撞到了它，结果又把瓶口撞碎了一大块。她抬起罐子，感觉里面有东西晃动。她把罐子放在地上就离开了。然而，早晨的阳光洒进罐子，里面的物品反射出光芒。光芒照进她的眼中。应该是一颗钻石——考虑到韦利亚高地的历史，这是任何人首先会想到的东西。所有人都希望某天能在有意或无意间邂逅宝石的光芒。她取下顶盖，看见一把刀的尖端暴露在光线下，发出更耀眼的光。贝洛尼西娅把它从罐子里取出，就像她直至那一刻对所有东西做的那样：扔掉废物，并给有用的东西找个归宿。

象牙手柄碰到她的手，就像容纳它的罐子在阳光照射下那般温暖。但她的嘴却像找到奶奶刀子的那天一样刺痛。强烈的光芒、好奇、想得知其味道的渴望、与姐姐在游戏中的争抢，都让她走向对世界沉默的结局。事发后对多娜娜的记忆在她的脑海中浮现。老人在院子里徘徊，叫唤杳无音讯的女儿，让孩子们小心美洲豹。等他们从医院回到家，托尼娅婶婶说多娜娜拿着一个包裹去了河岸。包裹、刀、她不知道的陶罐。那把匕首在阳光下是温热的，而它在床底箱子里时是冰冷的。正是这柄保存下来的刀刃，撕开了过去的面纱，直抵她的现在，让她想起了那一天。

托比亚斯忘了带鱼竿，进门后撞见她惊愕的神色，像在回忆过往。贝洛尼西娅给桌面上的刀子盖了一块洗碗布。等托比亚斯完工，会给两人带鱼回来。

"我不会还给托比亚斯的，"这是她脑海闪过的念头，"这是我们家的。"她找到一个安全的地方放刀——在变形的柜子和一面墙之间，缝隙只容得下她的手和这个东西。守寡以后，她把刀子从藏匿处取出，开始携它去田间、去河边，拿它保护了玛丽亚·卡博克拉，令邻居男人在匕首和她愤怒的眼神前畏缩、屈服。但这一切比比安娜都不会知道。在无序的回忆朝她席卷而来之前，她就给故事画上了句号。她只听到姐姐说，这么多年后再看到这把刀，它就像刚从多娜娜的行李箱里拿出来时一样。那只行李箱被她带走，而她也带着它回来了。她提醒道："小心安娜，别把刀乱放。"然后把刀还给了贝洛尼西娅，"她和我们一样好奇。"

她朝院子的方向走去，但快到门口时又回来了。

"贝洛，"姐姐说，"到底是什么让奶奶把这刀当成宝贝一样保管？"贝洛尼西娅把嘴撇成了弓形。"我不知道你还记不记得，但有件事儿让我好奇。不是我们还是小姑娘那会儿，而是多年后我想起这一切的时候。"她说。此时妹妹已经把刀装进了袋子里，把弯曲的食指收了回来。"为什么刀被包在那块沾满血的布里？那深色的污渍是血，"她叹了口气，"而且为什么奶奶这么害怕地守着这把刀？她并不害怕其他可能会以同样的方式伤害我们的东西，比如镜子碎片或任何别的东西。"

"害怕？"贝洛尼西娅用拇指和中指触碰心脏的位置，她想知道姐姐想表达什么。

"奶奶更害怕这把刀的意义。比起可能对我们造成的伤害，她更害怕这把刀承载的秘密。"

9

午后时分，多娜娜从遗落在卡沙加庄园主屋门廊的皮套里偷走了这把刀。那天有旅客来访，她趁他们骑马过后的短暂混乱和疏忽大意，趁陪同主人在侧的牛仔们放松了警惕，也趁他们返回主人家的道路迂回曲折，偷走了这个东西。当她停下来躲避吞噬着理智的烈日时，发现皮套正挂在护栏上。她摘下自己的大帽子，把它捧在双手之间。她觉得这把刀很漂亮，是自己永远无法踏足的主屋里的珍宝。它的手柄由大理石质地的材料制成，而她不知道这材料是什么。但它的刀面闪闪发光，就像主人们携带的那些精美物品，质地貌似是银。应该值不少钱。

这时她想起了孩子们，他们需要新的裤子和衣服，因为旧衣物已经破烂得没法再缝补了。"他们拿走我们的东西，那我们也拿他们的"，这是她脑海中闪过的话。她向上帝和向导请求宽恕，然后把这东西放进草篮里的木薯之间，那是她上午疲惫不堪、气喘吁吁收割来的。在那一刻，她只说了一句"上帝宽恕我"，就离开了那个让她平静下来的树荫，带走了也许是个宝贝的东西，没有被人发现。

但在上路之后，她越发确信上帝会宽恕她，毕竟那些人亏欠她太多——毫无报酬的工作，耕种时在她头顶无情灼烧的烈日，还有她的帽子——她不该这么忘恩负义，毕竟帽子的确是一处避难所，但它无法保护自己免受长途跋涉的暴晒。在那个名为卡沙加的地狱，那个她早已习惯、仿佛成为故乡的奴隶制地狱，主人不让她在家里生孩子。顶着与此刻相同的、令人眩晕的烈日，她在女工们的帮助下，在田间的一个泥坑里生下了泽卡。刀是她应得的。上帝当然会宽恕她。

然而，这次小偷小摸没能实现她最初的目的。多娜娜对这东西爱不释手，把它埋在了自己的床下。当佃农们议论纷纷，

| 歪犁 |

说在寻找一位受卡沙加主人邀请而来访的客人的刀时，她很害怕。但她把恐惧留给自己，没有和任何人讨论。走错任何一步都可能意味着被公开曝光的耻辱。那些人威胁要派工头挨家挨户地寻找，对被抓到的人施行以儆效尤的惩罚，砍掉双手，再赶出庄园。后来，有消息称访客是在那天下午达到高潮的骑马活动中丢失的，这在多娜娜的记忆里十分鲜活。人们被召集起来搜寻玉米地、木薯地、甘蔗园和蓖麻地，但什么也没找到，时间让他们忘记了丢失的刀。

起初搜查工作还没结束的时候，多娜娜把刀埋了起来，想着她可以把这个被追查的宝贝卖到哪里。城里不行，大家都认识。他们会问那个一贫如洗的女人，拿着一把昂贵精美的刀子要做什么。怀疑会迅速蔓延，比其他任何事情都快。这时她考虑把它便宜卖给流动商贩或吉普赛人，只要他们不认识主屋里的人，而她又能用卖来的钱为孩子们做些什么就行。但这一天迟迟没有到来，因为多娜娜不敢把东西挖出来，她不相信任何上门的小贩。最后，她想她可以把它作为遗产留给孩子们。

等到没有人再谈论失踪的刀子，佃农们也不再在丛林和田间搜寻时，多娜娜在远离所有人视线的地方把它挖了出来。她清洗了这把刀，用一块旧布擦亮金属，并包裹起来。这是个美丽的东西，是她接触过的最贵的东西，这是她欣赏那把窃来之物时的感受。她再次为自己保管着，清洗、擦亮，然后把它放回床底的洞里。为了避免每次她想看刀时都要挖掘和掩埋，她在藏它的洞口铺了一块貒猪皮地毯。

这把刀并没有达成保管人最初设想的任何目的，既没有卖给小贩，也没有作为遗产留给家人。在孙女失去舌头后，她想，好吧，上帝没有宽恕她，更糟的是，祂还伤害了自己的骨肉——她用心爱护、祈祷其免受邪咒和恶眼的小孙女。她打算把祖先灵魂的秘密教给孙女们，就像教给她的长子，不是想让她们成为祭司，而是希望她们自由，摆脱缠扰她一生的责任。她想教她们巫术和祖先灵魂的奥秘，用以应对各种问题，甚至寻求自祖先生活的时代开始就一直被剥夺的自由。从一个到另一个庄园，从卡沙加到黑水河，他们一直过着被奴役的生活。她想看到她们自由，成为自己命运的主人。

当这把刀在她手中完成最后的任务，也是她从未想过的任务时，多娜娜发现自己的余生被卷入一场攸关生死的阴谋。一切发生于她的长子离开了卡沙加庄园，前往另一片土地之后。在那里，他可以拥有工作和住所。她发现自己又成了孤家寡人，没有了泽卡的支持，还要抚养一堆年幼的孩子，而他们后来也去闯荡世界了。这时来了一个新佃农。他礼貌殷勤，会帮多娜娜种田，在完成给自己分配的工作后，对这个因过度劳作而身体疼痛的妇女施以援手。踽踽独行的多娜娜允许他来自己的小屋容身，让他和自己一同奋斗，温暖自己的床铺，让她感觉即使疲惫不堪也依然活着。就这样，这个男人留在了她身边。多娜娜已经忘了这个男人的名字，她读不出来。她的长子和其他没有在卡沙加棚屋里居住过的人都不知道他的存在。他从他们遗忘的地方来到这里，又以同样的方式离开，而这些，只有这个年迈的女人才知道。

当多娜娜发现，在她带着无尽的疲惫入睡的床上，她的丈夫脱下裤子，将刚成人不久的女儿卡梅莉塔压在身下时，她蜷曲在地，就像一头不愿继续沿路走下去的驴。多娜娜全身紧绷，仿佛永远停留在那个姿势。她愤怒地嘶吼，把孩子们都吵醒了，她的愤怒是她的绝望。卡梅莉塔离开他们，躲在房间的角落里哭泣，她意识到了这一点，但眼前的一切她都无法理解。卡梅莉塔几乎不会看向母亲。多娜娜原本以为女儿是嫉妒心作祟，不接受她的新伴侣。但一年过去了，两年过去了，已经到了第三个年头。女儿藏起身上的伤痕，装作是因为不够小心而在这儿撞了一下、在那儿摔了一下。这样一切都说得通了。这个男人在她的屋檐之下殴打、虐待、侵犯和威胁她的女儿，还得到了她的默许？卡梅莉塔哀求母亲原谅。母亲已经无法再正视自己的女儿，而女儿则想逃离这个家。她会像她的哥哥那样，找到自己的路。这个男人不知悔改，反而变本加厉，在家里发号施令，管控和束缚妻子。

在一个没有月亮的夜晚，云层隔天会化作冲刷大地的雨水，她做出了这个决定。雨水尚未滴落，但她通过夜色预知，它们会将大地冲刷得不留任何痕迹。他捎上一瓶酒出门钓鱼，这是他自从来到这儿就有的习惯。多娜娜有几次跟着，陪他一起，但不再在他旁边钓鱼。她坐在家里，理智被中烧的怒火、她眼见的东西还有伤害她并摧毁卡梅莉塔的一切所吞噬。当她抵达

| 歪犁 |

时，他正倒在河岸边睡觉，似乎在被放血之前就死了。周围漆黑一片，多娜娜手里没拿煤油灯。她不想给自己的步骤和行为留下任何痕迹或记忆。没有人会知道，她只会说他离开了，没有指明去路。在思考如何给自己辩护之前，她便给那个男人放了血，就像给猪放血一样。她用装满石头的袋子捆着他的身体拖进河里，毫不畏惧有人来询问她伴侣失踪的事情。回到家时，她已经筋疲力尽。从她离开住处，到犯下在卡沙加大地上的最后一个错误，中间的几个小时足以让她的女儿出走别处，下落不明。余下的故事就是，她生命的最后几年不断游荡，在所有爱过的孩子身上都看到卡梅莉塔的面庞。

第二天清晨，她只确定了一件事：上帝不会宽恕她。更糟的是，祂会把恶加倍奉还。

黎明时分，已经可以感受到即将落下的雨水的气息。

10

你妈妈萨卢总说，她在十八岁就已经有很多白头发了。她
不再用铁器把头发拉直，而是把它们裹进大多数农妇佩戴的那
种头巾。你看着镜中的自己——那面镜子支在地上，抵着墙壁，
因为铺墙的陶土无法承受过多重量——同时把嘴里的铁发夹取
出，别在头上，反复琢磨自己的头发看起来有多白。这是家族
遗传。也许在过去几周变得更白了。随着你每一次思考，想理
解发生了什么，它都在不停地褪色。你被迫独自度过每一个充

| 歪犁 |

满恐惧的不眠之夜，因为丈夫不在。而你内心的许多东西，都是他赋予你的。

你如同一个鬼魂在屋里穿行，有时都听不见别人对你说话。凌晨时分，你睡不着觉，在床上辗转反侧，女儿安娜躺在旁边，以弥补房间里的空虚。你看着孩子入睡，观察她动来动去的眼皮，她可能在做梦吧——直到你的思绪被再次带向缺失。你不再试图入睡，打开房门感受宁静。你敞着门，即使夜晚的每一点响动都留有你遭遇之事的阴影。每当你看到院子里的那辆摩托车，或者穿过庄园道路的任何一辆汽车，都会回想起那场暴行，因为这些车可能承载着危险。你的思维因骤然的失去而变得迟钝，不愿把那些时刻从生命中抹去。一片云遮住了太阳，在房屋里投射下阴影，就像有个人影穿过房间。任何摩托或其他过路车子鸣笛的声音，都像一只手扼住你的咽喉。那是一种你无法向学生解释的压迫感。你把听到的噪音当作丈夫终将归来的提醒。他经过的每一个地方，都充满了只有你才能感受到的电流。衣柜里未曾动过的衣服有他的味道，你现在躺着的枕头浸透着他的体香。每当你得以入睡，醒来后都感觉自己做了一个漫长的梦，犹豫着要不要把手伸向床的另一侧，他本该躺着的地方。你的记忆被这些气味、你自认为听到了的细微呼吸和你身旁散发的温热所破坏。当你终于决定伸出手，甚至没有勇气睁开眼睛时，却触碰到熟睡的女儿。而每当睡眠戛然而止，你会惊恐地瞪大双眼，孤身一人，发现他仍旧不在。这时，泪水止不住地夺眶而出。

你最小的女儿问爸爸什么时候回来，你回答说他不会回来了。女儿哭了，即便如此你还是坚持这个说法。倘若消失的人是你，丈夫也不会任由孩子们软弱下去。他会教他们继续在劳作中寻找力量，在每天都可能是斗争的生命中寻找力量。于是你让小姑娘躺在你的怀里，抚摸着她的头，承诺一些你力所能及的事情——进城时给她买一根冰淇淋或一袋爆米花。但你不能说他会回来，这对任何人都是残忍的，即便是对一个几岁大的小女孩，也不能许下一个永远不会兑现的承诺。

黎明时分，你走到院子里，用柴火点燃灶台，想起了那只搪瓷杯。它还在衣柜的同一个位置，因为你做不到把它移走，而孩子们甚至都不敢碰。你也不知道该拿那些反反复复的想法

｜ 歪犁 ｜

怎么办：如果你没有忘了那份文件呢？如果你们已经往城里走了，罪犯的那辆车会不会在路上追到你们？如果你们十年前没有回到黑水河呢？如果你们没有奋起反抗所有人眼里的不公呢？太多的"如果"不断涌现，将你缠绕进无形的藤蔓中，难以挣脱。

你回到了学校，但内心的某些东西已经彻底崩塌了。面对你的漠然，孩子们似乎失去了控制。你的模样远不能让人回想起你是那位教授黑人历史的老师，你教授数学、科学，让孩子们为自己是逃奴的后代而自豪。你一遍遍讲述黑水河在建立庄园以及很久很久以前的历史，讲述矿地、甘蔗种植园、惩罚，在村落一出生就被剥夺自由，从一片大陆渡海到另一片大陆的故事。孩子们很专注，他们不知道这些被遗忘的生命背后还有这么古老的一段历史，悲伤而美丽。他们开始理解为什么自己在卫生站、集市或城里的公证处仍然遭受偏见。他们在那里被人指着说"看，林子里的野人"或"乡下的黑鬼"。他们明白这是因为一切都没有结束。你启发那些生命对自己的历史抱以极大尊重。但现在即便是你自己，都无法再被可能会发生改变的希望所点亮，更别提相信他们学到的东西能带来改变，平息你内心燃烧的不甘。

过去几周，你深夜里扛着一把锄头出门，没告诉任何人要去哪，也没说去干什么。或许你沿着小路和河流游荡，想缓和丝毫没有减轻、似乎已经把你完全吞噬的痛苦。你在日出前回家，那时连孩子们是否在家、是否在睡觉都看不清。你坐在一把椅子上，头发沾满了偃麦草和泥土。你的双手布满老茧，像你父亲和庄稼人的手那样厚实。你睡着了，在那短暂的片刻，你似乎与周遭握手言和。你被伊纳西奥或某个女儿叫醒，问你为什么浑身是土。他们想知道你为什么脏兮兮的，脸、脖子、手和衣服上都是泥巴。"我去打理院子了。"这是你的回答。然而院子里没有任何改变，没有新种的作物，甚至有作物死了，因为没有给它们浇水、松土或加固。

你的手疼痛无比，余下的一天都在颤抖。你把它们放进锅里，浸泡在冰与水中。通红的手掌长满老茧，皮肤破损，鲜血流出，而你将它们藏起，不发一言。就像耶稣基督钉于十字架的伤口，就像你的人民和祖先的手。这是帮助他们生存下去，

歪犁

种出食物，创造巫术，将草药敷至病体的手；是曾尽力抵御外敌，伸张正义的手；也是祭司按在信徒头上的手。

你用受伤的双手，生生开辟出一条路。

11

你这一生，自从沉默以来，一直怀念自己曾经的歌声。在你还很小时，就会在雅雷之夜坐在客厅，在奶奶或妈妈的怀里唱圣芭芭拉和老纳戈的歌。你的歌声很早就终止了，而你甚至没法让它在内心深处回响。等你能够理解自己身上发生了什么时，你问自己：为什么我们想要的，永远是离我们最远的东西？

你留心哪怕最细微的声音，知道什么时候肉垂水雉在搭窝，狐狸正靠近鸡舍来吃蛋。你能隔着很远的距离听见响尾蛇的沙沙声，也能听见南美草鹀单调的鸣唱，犰狳用大指甲给自己挖

| 歪犁 |

兽窝——哪怕没有任何人听到。你会停下手头的事，倾听窜鸟的歌声，感受它的共振在自己的身体里回荡。无论是在姐姐离开后，还是托比亚斯死后在圣安东尼奥河畔的家里，抑或不能待在你的父亲、也是你的导师身边时，你都这样独自一人，在院子里安抚沉默。森林让你变得强壮、敏感，你还是个小姑娘时就能够识别世界的运动。有一次你听说："风不会吹，它本身就在流动。"

就在你永远沉默前不久，你母亲从田里回来，发现有一盘做好的古斯米[1]。她很惊讶，立即问是谁拿来的。没人拿来。"那是谁做的古斯米？""我做的。""但你可能会被烫伤啊。"疲于劳作的父母十分感动，感谢你的礼物。土地是你的珍宝、你身体的一部分、你最亲密的存在。每当你走到城里的集市，黑色皮肤被曲叶矛榈果的果肉覆盖、身体变成铜色时，你都迫不及待踏上返回庄园的路。你不知道姐姐怎么做到在那混乱的汽车、房屋和人群中生活，想买任何东西都需要钱，而在地里

---

1 古斯米（cuscuz）：源自非洲马格里布地区柏柏尔人的一种食物，由粗面粉制成，形状和颜色近似小米，一般蒸熟后作为主食食用。

伸手就能收获。如果干旱或洪水把它们带走，就吃余下的食物。你吃家里做的木薯粉，或是收集孪叶豆来做饼。在城市里不能翻动泥土，也感受不到风，感受不到预示降雨的潮湿。

在那些特殊的日子里，你想起了和托比亚斯的短暂生活——在那张床上感到的不适，知道他已经死去的释然，那座葬在废墟的坟茔被灌木丛包围着，而你一次都不想把手放在上面。不是出于怨恨或轻视，而是因为你明白这是一个错误，应该永远从你的回忆里抹去，即使这段记忆让你的意图受挫。

托比亚斯对你做过最好的事情，就是不自觉地归还了奶奶的匕首。也许这是你犯错的唯一目的。你发现即便过去了很多年，你依旧为这把刀的光芒着迷。当你再次把它握在手里时，你在刀面的反射中看到了自己，眼里带着同样的光芒——小女孩和年长者，无辜的和有罪的。从过往时间的那一刻起，刀刃分割了你的生活。每当你擦亮它，看到自己的形象从镜面里映射出来，就知道你的生命可以被再次分割，就像那棵巴西李树，在缺水的时节干枯，在余下所有时间里繁茂。就像那天你带着仇恨，把刀刃贴在阿帕雷西多脖颈的皮肤上。生命几乎被分割了。

歪犁

你想要保护玛丽亚·卡博克拉，这个用指尖抚摸你、给你编辫子的女人。她让你躺在床上休息，仿佛一位亲密的战友。

受苦是一种难以言喻、被所有人拒斥的感觉，但却把你的人民无可救药地团结在一起。苦难是流淌在黑水河血管中的隐秘血液。你爬上曲叶矛榈和棕榈，忍受着被刺弄伤了脚的痛苦。你用军人般强壮的手臂翻土、播种和收获，忍受着知道并不总能收获，收获了也可能被庄园主拿走的痛苦。你拖着步子跛行，照看房屋、让作物免受牲畜和意外的破坏，照顾将要离世的父亲。这份苦楚不允许你完全原谅姐姐，就像儿时的游戏里那样。当你感觉受到威逼和迫害时，常做噩梦。在那些梦里，多娜娜的匕首是再次分割身体、世界和土地的利刃，让一条血河在大地上流淌。

你想起父亲拖动那把沉重、古老而变形的铁犁，把土地撕成歪扭的线条，再把玉米种子播撒进那些犁沟里。那把无人问津的犁是自然的一部分，远早于拓荒者之前来到这里，没人知道它源自何处。最早的一批佃农用过这把犁，这些人来自很远的地方，关于他们没有任何故事可讲。很早之前，是他们开辟了森林，在手中驾驭着这把犁，为播种做准备。他们的双手或许有和庄园居民同样的、被隐藏起来的老茧和伤口。这些手用锄头拨开大块的土壤和杂草，挖出土坑，让木薯在里面茁壮成长，或者往里头埋葬尸体。这些手把用于祈祷和制药的草叶分开。嘴巴，蜡烛，祖先灵魂的声音扰动着空气，鱼儿逆流而上。

这时，你预感并且认同你的双手将支持或毁掉整个斗争，这双手耕耘着生生不息的大地。从你侄子、父母、姐姐和你自己的生命里消失的表兄，让你的内心空空如也。他和你的父亲一样，传授给你那么多知识，关于被遗忘的历史、被剥夺的权利。表兄被他们的所作所为、他们可能做出的勾当、他们想从佃农那里夺走的东西耗尽了生命。

你跑遍了黑水河的道路。在森林、河流、沼泽和每一拃土地，你试着认出每一棵树，记住它们的名字。你的记忆成了阡陌纵横的地图，这些道路让你的故土成型。你需要认得每个山坡，每个敞开或封闭的洞穴，大地的每次运动、起始和终止，每头家畜或野兽。你清早出门，探索你能抵达的所有角落，迷失其中。你回家时又脏又累，衣服也越发破烂。没人问你去了哪里，

| 歪犁 |

这没用，他们知道你没法回答。

而那些声音——动物的声音、风吹树叶的声音、河水流淌的声音，无论是白天干活还是夜晚浅睡时，都在你心里不停地回响。

于是你感觉到，一直以来，世界的声音便是你的声音。

12

　　埃斯特拉从沼泽旁的家里发疯般地跑出来，像在逃离一场大火。她的孩子大哭不止，由桑塔和她女儿在一旁照看——她们当时正拿着衣袋和鱼，走在同一条路上。女人的尖叫声是如此绝望，惊动了附近的许多居民。她穿着一件白色睡衣，精致的面料几乎是透明的，透过布料，可以看到她年轻而坚挺的乳头正随着动荡的神经而不安地颤动。没人能听懂她在说什么，孩子们的哭声变得更加清晰，因为他们在呼唤母亲，让她回来

　　　　　　　| 歪犁 |

保护自己。男人将口信带给女人，消息以坏事传千里的速度，挨家挨户，沿路传遍——萨洛芒死了。

萨卢走了一小段路，从自己家来到比比安娜家，告知她听说的消息。正在批改练习本的女儿一直低着头，但后来摘下眼镜，请母亲坐下。"您紧张什么？休息一下吧，妈妈。"她倒了一杯咖啡，端进客厅。"妈妈，他有很多敌人，"她边说边再次低头回到练习本，"迟早会这样的。"

母亲喝了一口咖啡："既然他有其他庄园，有时住这里，有时住那里，这么多地方可以出事，为什么偏偏死在这里？""不，妈妈，这些事情不会选择地点，它们发生在必然会发生的地方。"比比安娜似乎在以一个寡妇的语气说话，她守丧还未满一年。"挺好的，让她也感受一下我仍有的切肤之痛。"她说着，没有看母亲。

"你在说什么，比比安娜？我和你爸爸就是这样教你的？别盼着他人遭遇不幸，不论那人在你眼中有多恶毒。"

"他们应该把房子连同里面的女人孩子一起烧光，这样就不会有后人想把我们赶走了……"

萨卢猛得起身，激动地弄倒了椅子。比比安娜抬起头看着母亲说，可以把椅子搁那儿，我自己会扶起来。老母亲一辈子经历了这么多困难，对女儿残暴的愿望感到愤慨，一巴掌打在她脸上。这是萨卢第二次打女儿。她想起了第一次，因为比比安娜说她看见了那个吻，她打了贝洛尼西娅。这时，比比安娜把手伸向被打得火辣辣的脸颊，眼里一下子充满了泪水。

　　"比比安娜，我从没想过在我老了、你给我生了孙子以后，我还需要对你这样做。但我养育孩子，不是为了让他们行走在大地上时对他人作恶的。别盼着任何人死。这个家里遭受的还不够吗？你想要我们受到更多惩罚吗？"萨卢向门口走去，用手背擦掉溢出眼眶的泪水。"我累了，比比安娜。这不是我想要的生活，我为我的孙子们担心。我们要给他们留下一个怎样的世界？"她踏出门时问道。

　　比比安娜起身，但没有扶起倒下的椅子。等母亲走得足够远时，她崩溃得号啕大哭，她只在儿子说会照顾她的那个夜晚才允许自己这样哭泣。她受伤的手疼痛难忍。她在空中晃动双手，仿佛这样能减轻疼痛。即便被她认定为杀害塞维罗的主谋

　　歪犁

已经死了，她也没有感到轻松。随着时间流逝，缺失感似乎在不断膨胀。她继续在自己的悲痛里挖掘一个深深的洞穴。最令人难以接受的事实是，没有任何东西能让塞维罗起死回生，即使拥有了这片土地也不行。

日出前就出了门的贝洛尼西娅在中午回来了，她带回了木薯、红薯和一个大南瓜，把所有东西都放到了厨房桌上。多明加斯和她的丈夫、泽泽都在客厅，坐在母亲身旁。听到萨卢讲述萨洛芒的遭遇时，贝洛尼西娅呆若木鸡，对这个消息惊诧不已。她抬起下巴看向弟弟，用唇语和手势询问，想知道每个细节。萨洛芒被发现时几乎断了头，倒在森林中间的一条小路上，离圣安东尼奥河畔不远。人们看到他的马在玻璃房附近，正在沼泽地旁吃草。据说，他妻子出门发现马在房屋附近，感觉很奇怪。出门钓鱼的蒂昂和伊西多罗在那里的小路上发现了尸体，旁边有一个大土坑。"土坑"这个巨大的谜团成为大家进屋后争论不休的焦点。有人说它是忽然间出现的，还有人说它是一天天慢慢变深的。但它似乎不是人挖的，仿佛是地面坍塌后，形成的一口又大又深的井。

贝洛尼西娅发现兄弟姐妹之中没有比比安娜，想知道她是否已经知道。是的，他们回答。萨卢对比比安娜的反应感到苦闷，但不想把她的反应说出来。她为女儿的仇恨感到羞愧。贝洛尼西娅想到姐姐正在为亡夫的离世寻找答案，却不得不听到那一切，该有多么痛苦。因此，她决定那时先不去找她。

　　她起身离开，在解开放在厨房的编织袋时，突然直挺挺地倒下，昏迷不醒，像一只在飞行中被击落的鸟。贝洛尼西娅突如其来的不适引发了一阵慌乱，妹夫和弟弟把她抬到萨卢的房间。母亲开始祈祷，同时取下盖住贝洛尼西娅头发的头巾。多明加斯脱下她的靴子，解开她的长裤和被泥土弄脏的长袖衬衫。等醒来时，她什么都不记得了。她不记得萨洛芒的死，也不记得是怎么来到母亲房间的。她想不起劳作的疲惫，仿佛这一天从她的日历上消失了。她挣扎着想起身。萨卢让她继续躺着，她需要休息。"应该是中暑了，"母亲递给她一杯水说道，"贝洛，你出门前吃了东西吗？"她不断问着，想找出女儿身体不适的原因，尽管没得到回答。贝洛尼西娅看起来出神而疲惫。她喝了半杯水后又躺下了，呆滞地望向屋顶的稻草，后来又陷入了沉睡，直到第二天才醒来。

　　同一天，两辆警车载着调查人员来到这里。庄园被武装人员包围，他们向所有见过萨洛芒的人收集证词。沿路居民都被盘问了一通，尽管他是在密闭森林里一块无人居住的区域被发现的。过去几个月降雨规律，促进了枝叶生长及其对道路的遮蔽。曾经被枯木包围、能看得很清楚的地方，都变成了密闭的森林，不熟悉的人很容易迷路。盘问没有中止。他们想知道被害人或他人与下属曾经讨论过的可能存在的威胁，想了解佃农们和萨洛芒之间的分歧，想了解可疑的行为、汽车、摩托车，最近几周途经庄园、观察过他们生活习惯的陌生人，以及知道实施犯罪最佳时机的嫌疑人。黑水河的佃农们心里不太舒服，并不相信他们中有人能做出如此野蛮的行径。

13

　　一粒玉米从贝洛尼西娅手中滑落到犁沟里。她用脚灵敏地松土，让泥土重新覆盖种子，以便让世界的运转接手余下的工作。这块地比上次的更大。她的双脚重新踏上乌廷加河畔的洼地，塑造着被洪水滋养得黝黑而湿润的土地。最近几周，雨水慷慨地落下，重新覆盖了每一个角落，邀请居民们把能种植的东西种进田里。曾经干旱的地区沿途形成水塘，里面鱼游虾嬉。又一粒玉米从她手里掉进土里，金色种子形成了一条隐秘的道路。

许多年前，贝洛尼西娅感觉自己的身体就像那块田里潮湿的泥土一样震颤。生活在庄园这群年轻的女人们中间，她成为母亲的命运似乎也在成形。然而，这份愿望就像雨一样，不知为何便离开了她的身体。这次经历过后，每次她投入播种，都能感觉到大自然像过去那般震颤。当她独自一人，知道没有人好奇地观察她的行为时，她会趴在地上，就像她看到父亲无数次做的那样。她想要倾听来自大地内部最深也最隐秘的声音，以此摆脱耕种的灾祸，进行补救，助力收获。

自从居民们决定用耐用材料建造房屋以来，已经有段时间了。这发生在萨洛芒逝世之前。这是一个被禁令扼杀的古老愿望。他们想拥有砖房，希望屋子不会随时间坍塌，能以一种持久的方式界定他们同黑水河的关系。在外工作的孩子们会寄点钱回来用于建造房屋。达到退休年龄的老一辈开始在城里分期付款，购买材料。为了不引人注意，他们在夜深人静时用手推车或四轮马车运货。在儿孙们的帮助下，老萨图尼诺率先铺砖。有人从正在建造的房屋前经过，说他也要这样做。主管们奉萨洛芒之命表示抗议，但无济于事。庄园的景观慢慢发生了前所未有的变化。萨卢只告诉了泽泽和贝洛尼西娅她想建造自己的房屋。但即便她没说，也很容易就能从她的只言片语和赞许的举动中猜到。她已经老了，想安度晚年，不必再担心泥土的磨损。雨水稀少，但有时来得猛烈，会造成损耗。她从未有过任何财产，不会再错过建造自己房子的机会，这是她和丈夫很久以来的梦想。她希望自己的屋子有粉刷过的墙壁和铺了瓦片的屋顶。每到周末，泽泽、伊纳西奥和贝洛尼西娅会去建造家里的房屋。比比安娜和萨卢帮忙并准备午饭。在那些日子里，有一种重新开始的气息，就像旱灾和洪水过后，他们重新在田里劳作。

　　或许是因为知道那场反抗运动正呈现出不可阻挡的态势，萨洛芒向司法当局求助，要求收回庄园的所有被占区域。佃农们得知消息后一阵骚动，满脑子都想着拖拉机拆掉他们的房屋，他们被撵出庄园之后该怎么办。热尼瓦尔多是第一个高声发言的人，他想让大家听见他是不会去城里"扫大街"的："我出生在这个农场，只知道如何用双手耕地。我不会离开这里的。"他的决定得到了鼓励。众人和比比安娜联合起来，他们决定，如果那些人拿到了法官的决议——他们觉得这很有可能，因为萨洛芒在当地的杰出公民里有一定影响力——他们会躺在自己屋前的地面上，阻止拖拉机拆毁房屋。没有一家一户会抛下邻居，尽管他们平时也有分歧。他们会一起抵抗到最后。

他们准备开战，就像过去上校们为控制矿区做的那样。不同的是，现在的冲突是为了生存的权利。但法院的决议似乎迟迟没出，在等待的过程中，萨洛芒死了，怀疑立马落到佃农们身上。很多人被带到了警局，甚至比比安娜和她的儿子也被带去了。在那里，她想起了还未满一年的丈夫的死。他们询问她在庄园的那场骚乱中做了些什么。她说自己是一位老师，和一名工会激进派结婚多年。她说她是逃奴后代，听说在那片区域，从未有人谈论逃奴后代。"但我们苦难和斗争的历史表明，我们就是逃奴后代。"她在记录员和警察面前平静地说道。

在很长一段时间里，会从身边揪出一名杀人犯的恐慌扰乱了村民们的生活。与此同时，萨洛芒名下其他庄园的佃农们传来消息说，他和雇员还有邻居们之间有过争执。无论他踏足哪里，都留下不满和报复的痕迹，这只会使调查更加艰难。经过多次听证和努力，调查无果而终。

埃斯特拉搬到了省城，但继续远程管理着庄园。认识她的人说她已经疯了。她在所有角落都看到复仇的阴谋，过着足不出户的生活，和孩子们生活在恐惧之中，担心父亲死了以后，他们也成为报复的目标。

几个月后，公共机关的公务员因为谋杀的事情来到这里，他们在财产收回的诉讼过程中听取了佃农们的意见。他们的到来让村民松了一口气。一切都还不确定，问题也悬而未决，但他们的行动表明，黑水河的存在已经成为事实。人们能够看到它，也无法再忽略它的存在。

变化接踵而至，伊纳西奥也准备离开母亲的家。他要去城里上学，准备大学考试。他想成为一名老师，像父亲那样参与运动。比比安娜鼓励他的决定，从未流露出儿子不在身边会给她的生活带来压力。她尽量表现出信心，与沉浸于悲伤的贝洛尼西娅不同。妹妹就像对待亲生孩子那般关爱侄儿们，自从比比安娜回乡，就一直与他们一起生活。多明加斯的第一个孩子就要出生了，但这并没有让她考虑过离开他们中的任何一个。她不想和任何人分开。

她想到在伊纳西奥离家的那天，她得安慰一下比比安娜。萨卢、两姐妹和侄女们依次拥抱他。弗洛拉和玛丽亚写信说她们会想念他，如果哥哥找到了工作，要给她们带礼物。安娜给他画了一张全家福，上面还有她爸爸、萨卢和姨妈、舅舅。伊纳西奥拥抱了每一个人，尤其是母亲，但他不得不给贝洛尼西娅姨妈擦眼泪。他请教母不要哭，他每年年底都会回来。他会保留她教给自己的一切。贝洛尼西娅给了他一罐蜂蜜和一串有圣母像的念珠，让他带着，这会成为他的护身符。

　　甚至在汽车离开庄园很久，一家人都去做自己的事情之后，贝洛尼西娅依然待在门口，远远望着道路和她视线之外的一切。比比安娜本来准备开始批改练习本，她从桌边起身，走到妹妹身旁，从后面搂住妹妹的腰，把脸依偎在她的肩膀和耳朵之间。贝洛尼西娅握住她的手。姐妹俩都闭上双眼，分享那一刻的馈赠。她们把自己完全交付给那个姿态，体验着某种可以称之为宽恕的东西。

14

我无法再抑制自己的欲望，想骑马穿过田野，在河里游泳，用双脚和身体掠过大地。我看见道路另一边的雅雷之家已成废墟。某天人们在墙上雕刻了拿着天堂钥匙的圣彼得，但墙被细密的雨水浸透，又在某天倒塌。我想念在雅雷仪式的夜晚供我附身、让我在人群中移动的躯体，但仪式也已经消逝。眼神、祈祷和祖先灵魂深不可测。印第安人、黑人、白人、天主教圣徒和森林的腹地贫民接踵而至，填补着卡廷加荒地的虚空，这里已经没有神灵、草药、正义和土地。人们忘了这个祖先灵魂，她的名字也许永远不会被人记起，而祖先灵魂也正在忘记自己是谁，因为她的时日将尽。

我如同一阵风拂过比比安娜的床铺，起初想安抚她那如同弃耕地灌木般滋长的痛苦。我进入她的呼吸，占据她眼睛的空洞，这样我的存在就会强烈得如同把她环抱在臂弯。但我已然忘记驾驭身体的能量，未曾想再次进入血液奔腾的河流，进入胸膛起伏的烈焰，进入呆滞的眼神、欲望和自由，感觉竟如此美妙。我把比比安娜从床上抱起，从一边走到另一边，每次在房间转身都举起她的手臂，用指尖爱抚她每一寸黑色的皮肤。

面对辽阔的世界和我们可以一起做的事情，黎明时分在房屋穿行变得渺小。每个女人都知道蕴藏在自己生命洪流中的自然力量。我离开房屋去做自己最喜欢的事情——在河岸打湿双脚。我带着比比安娜在深夜里行走，听着猫头鹰的叫声，天亮后露水打湿了她的身体。她强壮的手臂已经准备好拿下猎物。我把锄头扎进凹凸不平的地里制造陷阱，再刨出土块。在黑暗中，我的眼睛是照亮视野的两座灯塔。比比安娜被带到黑水河的一处角落，她的身体保留着幸存者的深渊。锄头每次落下，她都吐露一件亲眼目睹的恶——有个女人杀了自己的孩子，因为不想让他沦为奴隶；一个男人遭到殴打，被吊死在李叶豆树的一根树枝上。锄头的每一击都在河畔掀起大量湿润的泥土。一击又一击。如沙一般的泥土穿越空间，回到河流，把一株苦瓜树埋于地下。

每晚我穿过小路，看到祖先灵魂之家的废墟，便潜入比比安娜的身体，就像一粒种子在寻找犁沟。我重新占据她的呼吸，回到正在形成陷阱的地方、这些天晚上我们到过最黑暗的地方。锄头落在土坑上，让它有了明确轮廓——土地也可以成为一个陷阱。我们要去猎杀一头肆意游荡的野兽，它让黑水河的民众感到恐惧。它是你奶奶眼中的美洲豹，只有她看见了，所以让你们当心。美洲豹是如此遥远过往的记忆，又回来吓唬居民了。这不是那头在森林里保护你发疯父亲的豹子。我们要猎杀的这头豹子放过血，而且准备撕咬更多人的肉，直到得到它想要的东西。

比比安娜为制造陷阱而掘土数夜，双手都开裂了。当我清早离开她的身体时，她注意到自己麻木的手掌因我们的战争而布满伤口和水泡。

　　后来有一天，我穿过院子，来到贝洛尼西娅身边。她和米乌达一样独自一人。她充满野性，对这片土地的了解无人能及。我进入她的身体，在这片土地游荡，跑过沼泽，穿越栅栏、河流、房屋和枯树。她的名字是"勇气"，她是多娜娜的血脉。这个女人在蔗田产子，以一己之力造屋种田。这个女人感受到分娩之痛后默默躺下，咬着嘴唇又生下一个孩子。这个女人埋葬了两任丈夫，最后一任除外，因为她给他放血，对待一只猎物。骑着贝洛尼西娅的身体时，我感觉过去从未离开我们。她是穿越时间的愤怒，是横渡海洋的强者的女儿。这些强者与自己的土地分离，抛下梦想，在流亡中铸就崭新而耀眼的生活。他们经历了一切，忍受着强加于己的残忍。

　　在那个寒冷的清晨，人们还没穿上暖和的衣服上工，她的身体像火焰一样灼热。她知道美洲豹正沿路巡视，但如果有人挑衅它进入森林呢？这样它不就掉进我们用双手和祖先灵魂之力建造的陷阱了吗？然后不就能给它放血，让我们安心，不就能打消他的存在所带来的恐惧了？一把从未存在的斧头落在木头上的声音。一把铁犁划过肉体的声音。那是贝洛尼西娅的嘴无法再发出的声音，但在那一刻，它们听起来响如雷鸣。

我望向她的眼睛深处。

美洲豹在陷阱边缘跌落，用爪子支撑身体，以免彻底掉入洞中。它被匿藏于森林中心、覆盖着枯香蒲和曲叶矛榈秆的陷阱吓坏了。有人担保说，工头也曾用同样的捕猎陷阱抓捕逃跑的黑奴。豹子掉落，獠牙埋进土里。它从嘴里取出一块泥土。不，对于捕猎来说，这就是个愚蠢的陷阱。但在它爬起来之前，承载着激烈情感的一击落在它的脖颈，那种情感它从未感受过。

在这片土地上，活下去的永远是最强者。

| 歪犁 |

译后记

　　《歪犁》（*Torto Arado*）是巴西当代作家伊塔马尔·维埃拉·茹尼尔（Itamar Vieira Júnior, 1979—）的首部长篇小说，共分为"刀刃""歪犁"和"血河"三部，分别借比比安娜、贝洛尼西娅和渔神圣里塔三位女性角色之口，讲述了巴西废除奴隶制多年以后，巴伊亚腹地的佃农仍处于被奴役状态下的苦难现实。这部作品取材于作者在攻读非洲与民族研究博士期间与逃奴后代的亲身接触，其博士学位论文《劳作即斗争》（*Trabalhar é tá na luta*，2017）中涉及的水文地理景观、人物历史事件、宗教文化信仰等元素在《歪犁》中得到频繁的复现，为小说赋予了浓厚的纪实色彩。自 2019 年问世以来，这部作品不仅接连斩获巴西雅布提文学奖和海洋文学奖等重要奖项，还持续占据各大畅销书榜单前列，在巴西掀起现象级的讨论热潮。在关于本书的种种讨论之中，雅雷宗教是一个重要的面向。鉴于中文读者对该宗教并不熟悉，而它又对整部小说的谋篇布局和行文发展至关重要，故先就此略作说明。

雅雷宗教是十九世纪起源并发展于巴伊亚州钻石高地（Chapada Diamantina）的当地特有宗教，尤以伦索伊斯市（Lençóis）和安达拉伊市（Andaraí）两地信众为多。早在十八世纪，伦索伊斯市和安达拉伊市所在地区作为逃奴堡（quilombo），就已经聚集了一批逃亡黑奴，加之十九世纪当地钻石采矿业迅猛发展，又有大量奴隶劳动力涌入，雅雷宗教随之出现，伴以多元宗教文化相混杂的特点。该宗教的信众多为出身社会底层的农村贫苦黑人，长期遭受各种形式的暴力与迫害。雅雷宗教如此注重疾病治疗，也是农村医疗资源匮乏、村民生活水平低下的体现。事实上，雅雷祭司和医院医生存在着一定的互补关系，居民患有身体疾病通常求助医生，而精神疾病则诉诸祭司。一般来说，祭司会在两种场合组织雅雷宗教仪式，一是专门为治疗患者而举行，二是在圣塞巴斯蒂昂节等特定节日举行。对大多为佃农的信众们而言，参与雅雷仪式为他们提供了繁重农务之余难得的休闲机会，所以仪式也被称为"联欢（brincadeira）"，众人都借此机会放松、玩乐和团聚。

雅雷宗教内部的组织结构并不复杂，通常由一名祭司主管其雅雷之家，辅以一些助祭在仪式庆典时提供帮助。雅雷之家会辐射到周边地区，由信众自愿选择在哪个雅雷之家参与仪式。祭司的职责包括但不限于用草药和根茎制作药物，组织雅雷仪式庆典，引导祖先灵魂为病患驱赶恶疾，等等。其中，祭司对病患的治疗主要分为两种。第一种是祭司置身圣人堂为病人做咨询。咨询的核心目标是确定病人纠葛其间的人际关系网络出现了什么问题。通过识别病人与他人互动过程中的冲突关系，不断梳理、串联和阐释相关事件，赋予其统一性与合理性，并通过占卜，提供药物等方式为病人提供解决方法。第二种是在祭司的雅雷之家举行仪式，通过供奉祭品，唱诵歌谣，祷告，跳舞，引导祖先灵魂附身于祭司，为病人驱赶疾病和恶灵。雅雷仪式之夜通常持续到次日黎明，而病人在仪式过后还需留在雅雷之家，接受祭司后续的诊断与治疗。治愈疾病不仅取决于仪式过程中遵从祖先灵魂意愿而制定的治疗方案，还取决于仪式过后，病人对衣食住行等一系列行为限制的服从。

按照雅雷宗教的信仰，祭司被祖先灵魂选中后就必须履行这项使命，倘若违抗天意，拒不履行义务，将为自己和家人招致灾祸和惩罚。被超自然力量选中的迹象通常表现为明显的精神障碍，他们会失去对空间、时间和方向的感知能力，出现奇怪的幻觉，听到混乱的声音，感到虚弱无力、头晕目眩，时而丧失食欲和记忆。经历一段时间的疯癫状态是成为雅雷祭司的必要条件，但并非所有表现出精神障碍症状的人都是被祖先灵魂选中的祭司，这需要现任祭司的评判。常人无法拥有的异能、祖先灵魂守护者的地位、为集体利益牺牲自我的奉献精神，皆让祭司的形象产生一种殉道的光环。村民们大多认为祭司是一个高尚的存在，对其充满尊敬和服从意识。

随着时代更迭，雅雷宗教也历经着发展与变化。二十世纪七十年代，围绕雅雷宗教的首个学术研究指出，钻石高地大约存在三百多间雅雷之家，然而近十年来仅剩寥寥几十间。雅雷之家不断减少的趋势也反映出雅雷宗教的日渐式微。小说中渔神圣里塔发出哀叹，"人们忘了这个祖先灵魂，她的名字也许永远不会被人记起，而祖先灵魂也正在忘记自己是谁，因为她

| 歪犁 |

的时日将尽"，无疑是现实世界的写照。

比比安娜曾说，看着克里斯皮纳和克里斯皮尼亚纳这两个年轻女人童稚初褪是一件神秘的事。于读者而言，看着比比安娜和贝洛妮西娅两姐妹成长蜕变的过程或许亦是如此。儿时的她们天真顽皮，历经割舌的磨难，按比比安娜的话来说，"那时的我们极尽肆意之所能，从未听闻过父母和邻居信仰的禁令，也不理解我们如何被支配，成为拴在庄园中的佃农。"年少的她们随着表哥塞维罗的到来而萌生自我意识，比比安娜情窦初开，贝洛妮西娅见贤思齐。成年的她们分别历经迁居城市却同样受到剥削，嫁作人妇却遭受夫权压迫的困境，而后带着奶奶的行李箱和象牙柄刀重聚于故乡黑水河，各自追随手执书本和锄头的命运。姐姐教书，妹妹务农，共同带领佃农们为争取基本生存权益而斗争。祭司大帽子泽卡离世，渔神圣里塔被遗忘，雅雷宗教衰微，唯有比比安娜和贝洛妮西娅这样的新一代佃农自我主体意识与反抗意识觉醒，才能给黑水河带来新的希望。

我想感谢闵雪飞老师在文学翻译课上对我的启蒙，是您给了我这次翻译的机会，让我拥有了作为译者的难得体验；感谢樊星老师的细心校对和悉心指导，谢谢您总是严谨而不失友善

| 歪犁 |

地督促我进步；感谢魏丽明老师、王渊老师和程莹老师，谢谢老师们一直以来对我的鼓励和帮助；感谢李武陶文师弟多次与我耐心讨论，寻找最恰当的译法；感谢最温暖的家人和朋友，谢谢你们对我的关心和陪伴。最后，我想感谢《歪犁》，是你让我明白了"无穷的远方，无尽的人们，都与我有关"。

我希望自己的译作尽可能传达出了原文的精妙，但小说的宗教历史背景复杂，部分葡语词汇尚无既定译法，译文难免有疏漏之处，在此也恳请读者朋友们不吝赐教，万分感谢。

毛凤麟

2023 年 4 月于北京

胭+砚
project:

胭砚计划（按出版时间顺序）：

《歪犁》，[巴西] 伊塔马尔·维埃拉·茹尼尔著，毛凤麟译，樊星校

《表皮之下》，[巴西] 杰弗森·特诺里奥著，王韵涵译

努山塔拉：

《瀛寰识略》，陈博翼著（即将出版）

其他：

《少年世界史·近代》，陆大鹏著

《少年世界史·古代》，陆大鹏著

《男孩的心与身——13岁之前你要知道的事情》，[日] 山形照惠著，张传宇译

《噢，孩子们——千禧一代家庭史》，王洪喆主编

《大欢喜：论语章句评唱》，李永晶著

《回放》，叶三著

《雪岭逐鹿：爱尔兰传奇》，邱方哲著

《故事新编》，刘以鬯著

《亲爱的老爱尔兰》，邱方哲著

《说吧，医生1》，吕洛衿著

《说吧，医生2》，吕洛衿著

《天命与剑：帝制时代的合法性焦虑》，张明扬著

《现代神话修辞术》，孔德罡著

《看得见的与看不见的》，[法] 弗雷德里克·巴斯夏著，于海燕译

©2018, Itamar Vieira Junior e LeYa S.A.
桂图登字：20-2022-182

图书在版编目（CIP）数据

歪犁 / (巴西) 伊塔马尔·维埃拉·茹尼尔著；毛
凤麟译；樊星校. -- 桂林：漓江出版社，2023.12

ISBN 978-7-5407-9654-9

Ⅰ.①歪… Ⅱ.①伊… ②毛… ③樊… Ⅲ.①长篇小
说-巴西-现代 Ⅳ.①I777.45

中国国家版本馆CIP数据核字(2023)第234967号

Obra publicada com o apoio da Fundação Biblioteca Nacional e do Instituto
Guimarães Rosa do Ministério das Relações Exteriores do Brasil
本作品由巴西外交部吉马莱斯·罗萨学院与巴西国家图书馆基金会资助出版

歪犁 *Torto Arado*
WAILI

作　　者　[巴西] 伊塔马尔·维埃拉·茹尼尔
译　　者　毛凤麟
校　　对　樊　星

出 版 人　刘迪才
品牌监制　彭毅文
选题顾问　樊　星
责任编辑　彭毅文
助理编辑　李雪菲
书籍设计　千巨万工作室
责任监印　陈娅妮

出　　版　漓江出版社有限公司
社　　址　广西桂林市南环路 22 号
邮　　编　541002
微信公众号 lijiangpress

发　　行　北京联合天畅文化传播有限公司
发行电话　010-64258472

印　　制　北京盛通印刷股份有限公司
开　　本　880 mm×1230 mm　1 / 32
印　　张　11
字　　数　162 千字
版　　次　2024 年 3 月第 1 版
印　　次　2024 年 3 月第 1 次印刷
书　　号　ISBN 978-7-5407-9654-9
定　　价　58.00 元